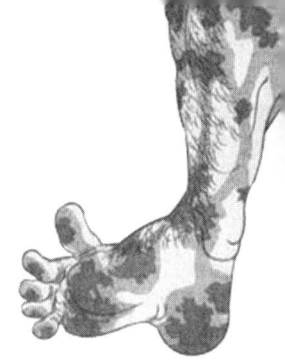

혼조후카가와의
기이한 이야기
本所深川ふしぎ草紙

옮긴이 김소연

1977년 경북 안동에서 태어났다. 한국외국어대학에서 프랑스어를 전공하고, 현재 출판기획자 겸 번역자로 활동하고 있다. 옮긴 책으로 교고쿠 나쓰히코의 『우부메의 여름』, 『망량의 상자』, 『광골의 꿈』과 『음양사』, 『샤바케』, 『집지기가 들려주는 기이한 이야기』(이상 손안의책 출간), 미야베 미유키의 『마술은 속삭인다』, 『외딴집』(이상 도서출판 북스피어 출간) 등이 있으며 독특한 색깔의 일본 문학을 꾸준히 소개, 번역할 계획이다.

HONJO FUKAGAWA FUSHIGI ZOSHI
by MIYABE Miyuki
Copyright © 1991 MIYABE Miyuki
All right reserved.

Originally published in Japan by SHIN JINBUTSU ORAI SHA, Tokyo.
Korean translation rights arranged with OSAWA OFFICE, Japan
through THE SAKAI AGENCY and SHINWON AGENCY.

이 책의 한국어판 저작권은 THE SAKAI AGENCY와 신원 에이전시를 통해
MIYABE Miyuki와의 독점계약으로 도서출판 북스피어에 있습니다.
저작권법에 의해 한국 내에서 보호를 받는 저작물이므로 무단전재와 무단복제를 금합니다.

* 이 노서의 국립중앙도서관 출판시도서목록(CIP)은 e-CIP 홈페이지(http://www.nl.go.kr/cip.php)에
  서 이용하실 수 있습니다. (제어번호: CIP2008000885)

차례

一。 외잎갈대 · 7
二。 배웅하는 등나무 · 45
三。 두고 가 해자 · 65
四。 잎이 지지 않는 모밀잣밤나무 · 95
五。 축제 음악 · 129
六。 발 씻는 저택 · 161
七。 꺼지지 않는 사방등 · 197

옮긴이의 말 · 240
편집자 노트 · 244

첫 번째 불가사의

외잎 갈대

오카와 강에 놓인 오하시 다리(현재의 료고쿠 다리를 말한다)의 북쪽에 고마도메 해자라는 작은 해자가 있었다. 이 해자의 물가에서 자라는 갈대는 왜 그런지 잎이 줄기의 한쪽밖에 나지 않아 괴이하다.

일러두기 : 본문의 모든 주는 옮긴이 주입니다.

　　　　　　　ㅣ

　오우미야의 도베에가 죽었다.
　혼조 고마도메 다리 위에서 비가 그친 하늘을 올려다보며 싸늘하게 식어 있는 시체가 발견되었다.
　히코지는 물이 펄펄 끓는 솥 앞에서 그 소식을 들었다.
　히코지는 잠시 동안 머릿속에서 갖가지 생각이 뒤섞여, 일하는 것을 잊고 지금 자신이 어디에 있는지도 잊었다. 국수를 건지기 위한 소쿠리를 손에 든 채 더운 김에 얼굴을 적시고 있던 히코지는 주인 영감 하라스케가 무릎을 몇 번이나 호되게 차올리는 바람에 겨우 제정신으로 돌아왔다.
　시선을 들어 보니 좁은 가게에 가득 차 있던 손님들의 이야기 소리가 다시 들렸다.
　"지갑을 도난당했다고 하니 아마 노상강도일 테지."
　"오우미야도 끝장이군."
　히코지는 일을 계속했다. 빈틈없이 손을 움직여 끓는 물 속에서 메밀국수를 건져 올리고 차가운 물에 헹구어 쫄깃하게 만든다. 하지만 마음은 손님의 이야기에 가 있었다.
　"머리 뒤에 큰 상처가 있었다지 않나. 아무리 도적이라지만 어찌 그리 심한 짓을 하는지 원."
　"느닷없이 당한 일이라 아무것도 못 느끼지 않았을까. 나무아미, 나무아미."

도베에게 염불이 통할까……. 통에서 새 메밀국수를 한두 사리 꺼내 풀어 넣으며 히코지는 생각했다.

"자네들, 무슨 말도 안 되는 소리를 하는 건가?"

다른 사람이 목소리를 낮추어 끼어들었다.

"그건 단순한 도둑이 아니야. 모르겠나?"

흥미를 느낀 다른 손님들이 일제히 웅성거렸다. 히코지는 눈을 부릅떴다. 손님들의 목소리는 모두 김 너머에서 풍겨 나오는 것처럼 들렸다.

"오우미야에서는 외동딸 오미쓰가 도베에와 항상, 그야말로 심하게 싸움을 하곤 했다더군."

"딸이?"

"그렇다네. 본래 도베에와 오미쓰는 부녀지간이면서도 마치 물과 기름 같은 성격이었잖나. 그러니…….”

"딸이 죽였다는 건가?"

더욱 낮은 목소리가 속삭였다.

"에코인回向院도쿄 스미다 구 료고쿠에 있는 정토종 절의 모시치는 아무래도 그렇게 보고 있는 모양일세."

에코인의 모시치란 혼조 일대를 담당하고 있는 고참 오캇피키岡引하급 관리 밑에서 범인의 수색·체포를 맡았던 사람다.

—아니야…….

아니다. 아니다. 그럴 리 없다. 그거야말로 말도 안 되는 착각이다. 히코지는 마음속으로 외치면서 눈을 감았다. 그 눈꺼풀 뒤에 어린 시절 오미쓰의 하얀 얼굴이 떠올랐다. 그리고 그 가냘픈 손에서 흔들리는 고마도메 다리의 외잎 갈대가…….

오우미야는 도베에가 혼자 힘으로 쌓아올린 가게다. 그는 가게를 처음 시작했을 무렵부터 사람들에게 친숙한 나레즈시_{식초를 쓰지 않고 발효로 신맛을 낸 초밥}나 하코즈시_{상자에 조미밥을 넣고 그 위에 생선살 등을 놓아 뚜껑으로 꽉 누른 초밥}가 아니라 그 당시에는 이제 막 나온 참이었던 니기리즈시_{한입 크기로 뭉친 조미밥에 신선한 어패류 등을 얹은 초밥. 한국에서 말하는 일반적인 초밥이다}만 파는 등, 거리낌없이 과감하게 장사를 해 왔다. 그것이 성공을 거두어, 지금은 혼조 후카가와 부근뿐만 아니라 에도 성 안에서도 이 가게의 이름을 모르는 자는 없을 것이다.

따라서 가게 이름보다는 '도베에 스시'라고 하는 게 더 얘기가 빠를지도 모른다. 초밥에는 쌀의 산지인 에치고에서 특별히 사들인 쌀만 쓴다. 생선도 철저하게 품질을 따져서, 도베에 스시는 입에 넣은 후에도 생선이 펄떡 뛰어오를 것 같다는 평판을 얻었다.

그런 만큼 도베에의 장례식은 성대했다.

히코지는 바쁜 장사 시간에 하라스케의 눈칫밥을 먹어 가며 빠져나와 오우미야에 갔다. 사람들의 머리가 파도를 이루는 가운데, 그 너머로 분위기에 어울리지 않을 만큼 밝게 불이 켜져 있다. 히코지는 문득 오미쓰의 혼례 때도 아마 이렇게 북적거렸음이 틀림없다고 생각했다.

먼발치에서이긴 하지만 그런 오미쓰의 얼굴을 언뜻 볼 수 있었다.

오미쓰는 아버지의 장례식 자리에서도 아름다웠다. 하얀 뺨에 촛불의 불빛이 비치고 있다. 히코지의 마음에 있는 소녀의 그림자가 남아 있는 곳은 통통한 뺨과 가을 나무 열매 같은 까만 눈동자뿐이다. 혼인을 하면서 몸에 밴 차분함이, 턱을 바싹 당기고 등을 곧게 펴고 앉아 있는 오미쓰의 가느다란 몸에 엷은 색향(色香)을 더하고 있었다.

그 뒤에 좁은 어깨를 더욱 움츠리다시피 하며 오미쓰의 남편이 앉아 있었다. 언뜻 보기만 해도 그는 오미쓰의 남편이 아니라 단순히 오우미야의 사위라는 것을 알 수 있는 조심스러운 모습이었다.

히코지는 향을 올리지는 않았다. 사람들의 테두리 가장 바깥쪽에서 그냥 오미쓰를 바라보고 나서 낮게 머리를 숙였다. 나는 도베에의 장례식에 온 것이 아니다. 아무리 마음이 맞지 않았다고는 해도 친아버지를 잃은 오미쓰 아가씨를 위로하러 온 것이다. 그렇게 생각하고 있었다.

발길을 돌려 돌아가려고 했을 때 한 간(약 1.8미터)도 떨어지지 않은 곳에 있는 맞은편 비단 가게 앞에서, 세워져 있는 간판에 숨다시피 서 있는 사람을 발견했다.

열일고여덟 살의 젊은 처녀. 색이 바랜 기모노는 어깨 언저리가 얇게 해어져 있었다. 머리를 살짝 숙이고 합장을 하면서 눈물을 뚝뚝 흘리고 있다. 그 거친 손 안에 싸구려 염주가 있었다. 염주에 달린 보라색 술이, 처녀가 눈물을 흘릴 때마다 가늘게 떨렸다.

처녀가 손등으로 뺨을 닦았을 때 히코지와 시선이 마주쳤다. 처녀는 히코지가 말을 걸려고 하기도 전에 몸을 휙 돌리더니 인파 속에 섞여 사라지고 말았다.

뒤에 남은 히코지는 한동안 그 자리에 서 있었다. 문득 발치를 보니 처녀가 서 있던 곳 부근에 얇게 깎은 나뭇조각 같은 것이 떨어져 있다.

히코지는 몸을 굽혀 그것을 주워 들고 손가락으로 꾹 눌러 보았다. 오동나무 향이 났다.

히코지는 고개를 돌려 처녀가 사라진 방향을 바라보았다.

그날 밤, 가게를 닫은 후에 하라스케가 히코지에게 목욕을 하러 가자고 했다. 드문 일이었다. 히코지는 어깨에 수건을 걸치고 빠른 걸음으로 걸어가는 하라스케의 뒤를 멍하니 쫓아갔다.

"이봐, 히코지."

갑자기 말을 꺼내는 하라스케의 목소리에 히코지는 멈추어 섰다. 하라스케도 걸음을 멈추고 그를 돌아보고 있었다.

"자네 오늘, 일부러 오카와 강을 넘어서 오우미야 도베에의 장례식에 갔다면서."

"멋대로 굴어서 죄송합니다."

"그건 상관없어. 그런 말을 하는 게 아닐세."

하라스케는 몸의 방향을 바꾸어 턱 끝으로 바로 앞에 있는, 불이 켜져 있는 가게를 가리켰다.

"잠깐 저 근처에서 한잔 하면 어떻겠나? 목욕을 하러 가자는 건 구실이고, 자네랑 얘기를 하고 싶었다네."

불이 켜져 있던 곳은 하라스케의 단골 가게인 듯했다. 팔 할 정도 차 있었는데, 비슷한 나이의 가게 주인이 인사를 건네더니 곧 편안한 구석 자리의 의자 두 개를 비워 주고 뜨거운 두부된장구이와 매운맛이 강한 술을 차게 식혀 내 왔다. 둘 다 하라스케가 좋아하는 음식이다.
"집에서는 마누라 잔소리가 심해서 이렇게 먹을 수가 없거든."
하라스케는 맛있게 첫 잔을 비우더니 말했다.
"이보게, 히코지. 자네가 마음에 걸려하는 사람은 오우미야의 오미쓰 씨지?"
히코지는 대답을 하지 않고, 두부를 굽는 주인아저씨의 등 뒤에 매달려 있는 갖가지 색깔의 술병을 바라보는 척했다.
"뭐, 자네가 대답하고 싶지 않으면 그래도 돼. 하지만 에코인의 모시치는 진심으로 오미쓰 씨를 끌고 갈 생각인 모양일세."
히코지는 흠칫 놀라며 하라스케를 보았다. 이번에는 하라스케 쪽이 다른 데를 보고 있다.
"뭔가 그렇게…… 의심스러운 데가 있는 걸까요?"
"모시치는 그래 봬도 꽤나 집요한 사람이거든. 뭔가 찾아냈을지도 모르지."
하라스케는 손에 든 술잔을 들여다보더니 술병에서 손수 술을 더 따랐다.
"그 부녀가 항상 심하게 싸움을 하곤 했다는 둥 하면서 말일세. 웃기는 얘기야."
히코지는 한 호흡 쉬고 나서 딱 잘라 말했다.
"그건 아닐 거라고 생각합니다."
잠시 침묵이 흘렀다. 하라스케는 천천히 술을 맛보고 있다. 히코지는 옆얼굴을 물끄러미 바라보며 말을 이었다.

"오우미야의 아가씨는 사람을……. 하물며 자신의 아버지를 해칠 수 있는 분이 아닙니다. 저는 그걸 잘 압니다. 오미쓰 씨가 죽였다는 건 말도 안 되는 소리예요."

두부구이의 된장이 눋는 냄새가 피어오른다. 엷은 연기가 흘러온다. 그것을 눈으로 좇고 있던 하라스케는 겨우 히코지 쪽을 돌아보았다.

"자네의 말은 정말 요령이 없군. 어째서 자네가 생판 남인 도베에나 오미쓰 일로 그렇게 신경을 쓰는지, 그렇게 딱 잘라 말할 수 있는지, 내게 좀 들려주지 않겠나?"

히코지가 처음으로 오미쓰를 만난 것은 지금으로부터 십 년이나 전, 히코지도 오미쓰도 열두 살이던 해의 봄이었다. 그 무렵의 오우미야는 아직 지금처럼 큰 가게가 아니라 에코인의 문전마을_{사원의 문전에 발달한 마을} 안에 있는 두 간짜리 아담한 가게였다. 도베에와 오미쓰, 같이 살면서 일을 하는 하녀나 고용인 몇 명이 가게 뒤쪽에 있는 이층집에서 살았다.

당시 히코지는 배를 곯으며 항상 굶주린 눈을 하고 있던 어린아이였다.

목수 일을 하던 아버지가 그해 겨울에 유행한 몹쓸 고뿔로 돌아가시고, 히코지는 어머니와 어린 남동생과 함께 셋이 집세가 밀려 있는 어둡고 후미진 집에서 근근이 살아가고 있었다. 양친 모두 단신으로 인근 마을에서 에도로 나온 사람들이었기 때문에 의지할 수 있는 친척이나 그냥 아는 사람도 없었다.

히코지는 막 열 살이 되었을 무렵에 한 번, 기바에 있는 큰 목재상에서 고용살이를 한 적이 있다. 하지만 그곳에서 하는 일은 너무나도 고되었고 외로움을 견딜 수 없어 집으로 도망쳐 돌아오고 말았다. 그 후로 어머니는 더 이상 고용살이를 나가라는 말은 하지 않게 되었다.

그 대신 먹고살기 위해 무엇이든 했다. 어머니는 낮에는 가까운 음식점에서 일했고 밤에는 잘 시간을 줄여 부업을 하곤 했다. 히코지 형제도 바지락 장사에서부터 장작 모으기, 나아가서는 고물상 흉내까지 내 가며 줄타기 곡예사보다 더 위태로운 생활을 지탱했다.

그 줄타기의 줄도 어머니가 쓰러졌을 때 뚝 끊어졌다.

오미쓰가 말을 걸어 준 것은 그런 어느 날, 히코지가 문전마을을 오가는 인파에서 벗어나 어느 집 처마 밑에 주저앉아 있을 때였다.

봄장마 무렵이었다. 히코지의 옷은 속까지 다 젖어 있었고 살갗에 달라붙어 몸을 싸늘하게 만들고 있었다.

"애, 너 언제부터 밥을 못 먹었니?"

머리를 들어 보니 앞머리를 가지런히 자른 새까만 눈동자의 여자 아이 하나가 이쪽을 내려다보고 있었다. 히코지는 대답을 하지 않았다. 입을 열기도 힘들었다. 하물며 오늘로 벌써 만 사흘 동안 밥을 먹지 못했다는 말을 하는 것은 더욱 괴로운 일이었다.

"오랫동안 못 먹은 모양이네."

여자 아이는 그렇게 말하더니 일단 안쪽으로 들어갔다. 잠시 후 여자 아이가 돌아왔을 때에는 아직 따뜻한 주먹밥 꾸러미를 안고 있었다.

"자, 이거."

꾸러미를 내민다.

"먹어. 여기서 먹기 부끄러우면 집에 가져가서 먹어도 돼. 너, 집은 어디니? 집은 있지?"

그때는 자신과 비슷한 나이의 낯모르는 여자 아이에게 적선을 받는다는 부끄러움보다 굶주림이 앞섰다. 히코지는 낚아채듯이 꾸러미를 받아들고, 비틀거리며 어머니와 동생이 기다리는 뒷골목 집으로 달려갔다.

그래도 뒤에서 여자 아이가 다급하게 하는 말은 들렸다.

"내일도 와. 우리 집에는 밥이라면 얼마든지 있으니까."

마지막으로 아주 작게 말이 들려왔다.

"난 오미쓰야. 오우미야의 오미쓰……."

"저는 그 후로 매일같이 아가씨의 집을 찾아갔습니다."

히코지는 빈 찻잔에 시선을 떨어뜨리면서 담담하게 이야기를 계속했다.

"제가 주저앉아 있던 곳이 우연히 오우미야의 뒷문이어서 다행이었지요. 덕분에 저도, 어머니와 동생도 굶어 죽는 것을 면했습니다."

"오미쓰 씨가……."

하라스케는 생각에 잠긴 듯 턱을 잡아당기고 있었다. 가게 구석에서 큰 웃음소리가 터져나왔다. 그것이 잦아들 때까지 두 사람 다 침묵을 지켰다.

"그렇게 해서 저는 오우미야에 드나들게 되었습니다. 하지만 아가씨가 제게 밥을 주지 못할 때도 있었지요. 그럴 때면 아가씨는 제게 울 것 같은 얼굴로 사과하곤 했습니다. 아버지의 눈이 엄해서 가지고 나오지 못할 때가 있다고 했습니다."

"도베에가?"

히코지는 고개를 끄덕였다.

"아저씨도 옛날에 오우미야가 지금처럼 이름을 날리게 된 계기가 되었던 사건을 기억하시지요? 그 왜, 오카와 강에 매일 밥을 버렸던 일 말입니다."

에도 거리에는 초밥 가게가 많다. 돈만 있으면 무엇이든 손에 넣을 수 있었던 사치스러운 거리인지라, 초밥의 인기가 높아짐에 따라 맛도 가격도 오우미야에 뒤지지 않는 가게가 우후죽순으로 생겼다. 그런 가운데 오우미야가 에도 제일의 가게로 명성이 높아진 것은 주인인 도베에가 시작한 이 습관 때문이었다.

오우미야의 도베에 초밥은 하룻밤이 지난 밥은 쓰지 않는다. 그 증거로 매일 밤 가게를 닫을 시각이 되면 오카와 강에 그날 남은 조미밥을 전부 버린다.

쇼군이 머무는 도시, 좋은 뜻으로도 나쁜 뜻으로도 허영 부리기를 좋아하는 에도의 사람들에게 도베에의 이런 방식은 엄청나게 인기가 있었다. 맛도 가격도 아닌, 도베에의 씀씀이를 높이 사는 거라며 에도 전체에서 손님들이 모여들기 시작한 시기도 이 무렵부터이다.

"오미쓰 씨는 그때, 도베에 씨의 이런 방식을 몹시 싫어하고 있었습니다."

히코지는 말을 이었다.

"에도 거리에는 다음 끼닛거리도 없어 고생하는 사람들도 많이 있지요. 그런데 그저 허영을 위해 매일 많은 밥을 아낌없이 버리는 짓은 잔인하고 교만한 방식이라고 제게 얘기한 적이 있습니다."

"그 무렵의 오미쓰는 아직 어린아이였지 않은가."

하라스케는 그렇게 말하며 고개를 갸웃거렸다.

"뭐, 하긴……. 오미쓰라면 그런 생각을 할 수도 있겠군. 대가 세고 머리 좋은 아이였으니까."

히코지는 놀랐다.

"아저씨는 오미쓰 아가씨를 아십니까?"

"그냥 조금 아네. 나도 옛날에 에코인 쪽에 가게를 냈던 적이 있거든."

하라스케는 슬쩍 웃고는 다음 이야기를 재촉하듯이 진지한 얼굴로 돌아왔다.

오우미야는 에도 전체에 이름을 날리며 초밥 가게로서는 파격적으로 가게를 갖추고 점점 커져 갔다. 그것도 오우미야의 기세에 눌려 장사를 할 수 없게 된 가게가 있으면 도베에가 통째로 사들여 오우미야의 분점으로 넓혀 나갔기 때문이었다. 그 방식에는 인정사정이 없었다.

그렇게 되자 세상 사람들도 멋대로 태도를 바꾸어, 이번에는 오우미야 주인을 보고 귀신같다느니 수전노라느니 하며 욕하는 사람들이 늘었다. 도베에 초밥은 확실히 맛있다. 그것은 에도 사람들의 자랑거리다. 하지만 주인인 도베에는 용납할 수 없다——그렇게 해서, 가게가 유명해지면 유명해질수록 도베에를 싫어하는 사람도 늘어 갔다.

"오미쓰 씨는 도베에 씨의 장사 방식 자체를 싫어하셨습니다."

우리 아버지는 피가 차가운 사람이라며 한탄하던 그 무렵 오미쓰의 목소리가 지금도 귀에 생생하다.

"아까 아저씨도 말씀하셨지만 똑똑한 사람이었습니다. 교묘하게 도베에 씨의 눈을 피해 제게 밥을 나눠 주곤 하셨지요. 다만 항상 일이 잘 풀리지는 않았기 때문에 신호를 정해 주셨습니다."

그 일을 떠올리면 히코지는 지금도 마음 어딘가의 딱딱한 부분이 풀어져 간다.

"처음에 아가씨가 절 발견한 곳, 그곳은 오우미야의 뒷문이었는데 그곳 창틀에 고마도메 다리의 외잎 갈대를 한 자루 세워 두었습니다. 오늘 밤 가게를 닫을 시간에 밥을 나눠 줄 수 있다는 신호였지요."

'외잎 갈대'란 혼조의 일곱 가지 불가사의 중 하나다. 료고쿠 다리 북쪽에 있는 작은 강변에서 자라는 갈대의 잎이 어찌된 일인지 한쪽에만 난다고 해서 그렇게 불리게 되었다.

풍향 때문인지 물살 때문인지, 아니면 햇볕의 방향 때문인지, 어쨌거나 이곳에서 자라는 갈대는 모두 외잎이다. 그 때문에 이 강변까지 '외잎 강변'이라고 불리고 있다.

고마도메 다리는 여기에 걸려 있다.

"외잎 갈대라면 잘못 볼 리가 없으니까요. 어리긴 했지만 우리의 굳은 약속이었습니다."

"그런 일을 얼마나 오랫동안 계속한 겐가?"

하라스케의 물음에 히코지는 낮게 대답했다.

"오래 계속되지는 않았습니다. 기껏해야 한 달 정도였지요. 도베에 씨에게 들키고 말았거든요······."

"오미쓰, 아버지가 그렇게 말했는데 너는 아직도 모르겠느냐?"

키 큰 도베에의 얼굴을 오미쓰는 입을 꼭 다물고 마주 보았다. 서로를 노려보는 아버지와 딸의 표정에는 이런 상황에는 어울리지 않는 웃음을 자아낼 만큼 닮은 구석이 있었다. 둘 다 고집쟁이다. 사과할 줄을 모른다.

하지만 그때의 히코지에게는 그런 느긋한 생각을 하고 있을 여유가 없었다. 몸이 떨리기 시작했다. 오우미야의 도베에는 무서웠다. 반면 배도 고팠다. 오미쓰가 밥을 나눠 주기 시작한 후로는 거기에 의지하는 마음이 생겼다. 오늘 밤에 이것을 받아가지 못하면 먹을 것은 아무것도 없다.

"아버지는 사람도 아니에요." 오미쓰는 작은 주먹을 움켜쥐고 화를 냈다.

"사람이 아니든 뭐든 상관없어. 남은 밥을 남에게 주는 것은 허락하지 않겠다. 그뿐이야."

딸에게 그렇게 말한 도베에가 다시 히코지를 향해 탄탄한 어깨를 흔들며 큰 걸음으로 다가온다. 히코지는 흠칫하며 몸을 움츠렸다.

"너, 이름이 뭐냐? 나이는 몇 살이지?"

히코지는 대답할 수 없었다. 겁 많은 동물이 달아날 때와 같은 속도로 무릎에서 사타구니까지, 저릿저릿한 감각이 내달렸다.

"왜 그러느냐. 말을 못하는 게냐?"

"뭐 하러 그런 걸 물어보세요? 무슨 소용이 있다고. 어차피 쫓아낼 거면서."

도베에는 감싸듯이 앞으로 나선 오미쓰를 밀어내고 히코지에게 얼굴을 바싹 들이댔다.

"말을 못한다면 그래도 좋다. 하지만 귀는 들릴 테니 지금부터 하는 말을 잘 듣도록 해라. 알겠느냐? 오미쓰가 네게 주고 있는 이 밥은, 오우미야에서는 버리는 밥이다. 오카와 강에 버리는 밥이란 말이다. 그걸 받으러 오는 너는 떠돌이 개나 마찬가지야. 그래도 좋으냐? 개가 되어도 상관이 없는 게냐?"

히코지는 대답을 할 수 없었다. 오미쓰가 울기 시작했다.

"우리 집은 빈민 구제소가 아니다. 밥을 얻어먹고 싶으면 다른 데로 가."

그러고는 오미쓰를 돌아보며 덧붙였다.

"한 번만 더 이런 짓을 하다가 걸리는 날엔 아버지에게도 생각이 있으니 알아서 해라. 내 말대로 해야 해. 알겠지?"

도베에는 그 말만 내뱉고 성큼성큼 나갔다. 오우미야의 뒷문에는 오미쓰의 흐느껴 우는 목소리가 들릴 뿐이다. 소동의 기척은 들었을 텐데 가게 사람들도 모습을 보이지 않는다. 아무 소리도 나지 않는다. 하늘에는 칼날처럼 가느다란 달이 걸려 있다.

"아가씨."

히코지는 계속 우는 오미쓰에게 가까스로 말했다.

"저는…… 이제 여기에는 올 수 없습니다."

오미쓰가 엉망진창이 된 얼굴을 들었다.

"아버지가…… 그렇게 심한 말을 해서……."

"그건 아닙니다. 저는, 저는……."

히코지는 목을 꿀꺽 울리며 치밀어 오른 눈물을 삼켰다. 그것은 오미쓰를 위한 눈물이기도 했고 분함의 눈물이기도 했다.

"혼자, 어떻게든 해 보겠습니다. 어떻게든 해서, 아가씨가 구해 주신 은혜를 갚을 수 있는 사람이 되고야 말겠습니다."

오미쓰는 뺨에 눈물 자국이 남은 채로 히코지를 물끄러미 바라보았다. 검은 눈동자는 히코지에게 밤보다 어둡고 수정보다도 맑게 여겨졌다.

오미쓰의 손이 가만히 뻗어와 히코지의 손에 닿았다. 오미쓰의 손은 비단처럼 매끈매끈하고 따뜻했다.

"약속할 수 있겠니?"

"예. 반드시."

"세상에는 아버지 같은 사람들이 많이 있어. 앞으로 괴로운 일을 많이 겪어야 할 거야."

"주저앉지 않을 겁니다."

"나, 기다릴게." 오미쓰는 미소를 지었다.

"계속 기다릴게. 네가 꼭 훌륭해져서 내게 얼굴을 보여 주기를. 계속 기다릴 테니까……."

*

"그래서 자네는 그 후 우리 가게에 고용살이를 하러 왔다는 소린가?"

새 술을 더 따르면서 하라스케가 물었다.

"예. 어머니의 병도 좋아졌고……. 저는 목재상 고용살이를 한 번 실패했기 때문에 새로 고용살이를 할 곳은 찾을 수 없을 줄 알았는데, 운 좋게 관리인의 소개로 아저씨의 신세를 질 수 있게 되었지요."

"요즘은 내가 아니라 자네가 만든 메밀국수를 먹으러 오는 손님이 늘었다네. 다행이야."

"그것도 전부 아저씨와——"

히코지는 추억의 여운 속에서 말했다. "오미쓰 아가씨 덕분입니다."

하라스케는 뭔가 묻고 싶은 얼굴로 침묵을 지킨다. 히코지는 문득 웃으며 말을 이었다.

"저는 열두 살 때 고로하치 국수집에 고용살이를 나갔습니다. 처음에는 고용살이가 힘들어지면 어떻게든 시간을 내어 고마도메 다리의 외잎 갈대를 보러 가곤 했지요."

"자네가 가끔 한 시간 정도 훌쩍 모습을 감출 때가 있다는 사실은 나도 알고는 있었네만."

"죄송합니다." 히코지는 머리를 숙였다.

"열여섯 살 때 휴가를 받아 혼조에 돌아갔을 때가 마지막이었습니다, 외잎 갈대를 보는 일은. 그 후로 오카와 강을 건너 혼조로 돌아간 것은, 이번 도베에 씨의 장례식이 처음입니다."

하라스케는 잠시 생각하고 나서 말했다.

"오미쓰가 데릴사위를 맞은 것이 아마 그해였지."

"그렇습니다."

"심약해 보이는 남자였어. 오미쓰 씨는 심하게 불평을 하며 좀처럼 승낙하지 않았던 모양이야."

"……아저씨."

히코지는 무릎에 손을 올려놓고 등을 곧게 폈다.

"그야 물론 유감스럽고 슬픈 일이었습니다. 하지만 저도 그 무렵에는 이미 어린아이가 아니었습니다. 오우미야의 아가씨와 저라니, 아무리 봐도 어울릴 리 없었지요. 세상에는 분수에 맞는 일이 있는 법입니다. 그 정도 분별은 이미 생겨나 있었습니다. 아가씨도 마찬가지였겠지요. 우리의 약속은 그런 종류의 것이 아니었어요."

다만——히코지는 자신의 손을 내려다보았다. 완전히 하얘지고 깨끗해졌다. 국수 장수의 손이 되었다.

"그 약속은 제 마음을 지탱해 주었습니다. 좋은 꿈이었지요. 그 약속이 있었기 때문에 저는 아저씨 가게에서 열심히 일할 수 있었습니다. 오미쓰 아가씨는 우리가 굶어 죽지 않도록 해 주셨을 뿐만 아니라 좋은 꿈을 꾸게 해 주고, 저를 제대로 살아갈 수 있는 사내로 만들어 주셨습니다. 외잎 갈대가 언제나 저와 아가씨의 약속을 생각나게 해 주었지요. 저 같은 놈에게 그렇게 많은 추억을 주신 것만으로도 충분했습니다."

"우리 가게에 고용살이를 와서 한 번도 집으로 도망치지 않은 건 자네 혼자뿐이니까."

하라스케는 웃었다.

"오미쓰 아가씨는 착한 분입니다. 남을 해칠 수 있을 리 없어요."

"그렇게 생각하나?"

하라스케는 빈 술병을 주인을 향해 흔들어 보이고는 히코지를 보았다.

"히코지, 내가 에코인의 모시치에게 들은 바로는 분명히 오미쓰는 의심받을 만한 데가 있네."

반박하려고 하는 히코지를 손으로 제지하며 하라스케는 말을 이었다.

"도베에와 오미쓰가 싸운 원인은 대개 돈에 관한 문제였지. 오미쓰는 멋대로 가게 돈을 가지고 나가곤 했던 모양일세. 아무리 사위를 들여 겉으로는 오미쓰 부부가 주인처럼 되었어도 실권을 쥐고 있는 것은 도베에니까. 도베에가 있는 한 오우미야의 재산은 오미쓰 마음대로 쓸 수 없고, 오미쓰가 싫어하는 방식의 장사를 바꾸는 것도 무리지."

히코지는 코웃음을 쳤다.

"오미쓰 아가씨처럼 가냘픈 사람이 덩치 큰 남자를 때려죽일 수 있을 리가 없습니다."

"하지만 말일세, 직접 손을 쓰지 않아도 다른 사람에게 부탁할 수는 있지 않나."

히코지는 입을 딱 벌렸다.

"오미쓰 아가씨가…… 사람을 고용해 자신의 아버지를 죽이게 했다, 그런 말씀이십니까?"

하라스케는 술병에서 술을 따르고 그 술을 물끄러미 바라보며 고개를 끄덕였다.

"그날 밤, 도베에는 니혼바시 도리초에 있는 친척을 찾아갔다가 돌아오는 길이었네. 도베에의 행선지를 알고 있었던 사람은 오미쓰뿐이라더군. 그날 밤에는 안개비가 내리고 있었는데, 가마도 부르지 않고 걸어서 돌아가겠다며 니혼바시를 나선 것이 일곱 시. 고마도메 다리에서 시체가 발견된 것이 열 시. 조금 시간이 걸리긴 했지만, 검시한 관리의 소견으로는 도베에는 술을 조금 마셨던 모양일세. 어느 술집에라도 들렀는지 모르지. 그리고 돌아오는 길에 고마도메 다리에서 기다리고 있던 범인을 만나 살해되었고, 노상강도를 당한 것으로 위장되어 버려졌네."

히코지는 아무 말도 하지 않고 그저 하라스케의 옆얼굴을 노려보았다.

"현재 모시치는 오미쓰 주위를 신중하게 감시하고 있네. 누군가 다른 사람의 손을 빌려서 한 짓이라면 상대가 오미쓰와 연락을 취할 거라면서."

그리고 말일세, 하고 입에 머금은 술을 삼키고 나서 하라스케는 고개를 갸웃거렸다.

"도베에가 늘 신고 다니는 나막신이나 입고 다니는 옷의 소매에 진흙과 함께 묘한 나무 부스러기 같은 게 붙어 있었다는군."

도베에의 나막신도 일종의 명물이었다. 큰 가게의 주인이면서도 도베에는 짚신을 싫어하여, 어딜 가더라도 딸각딸각 나막신 소리를 내며 다니곤 했다.

"모시치는 거기에서도 뭔가 알 수 있지 않을까 하고……."

히코지는 애써 억누른 목소리로 그의 말을 가로막았다.

"저는 그런 얘기는 믿을 수 없습니다. 무슨 증거가 있는 것도 아니잖아요."

"그렇지……. 하지만 도베에가 없어졌으니 지금부터 오우미야는 오미쓰 마음대로 될 거야. 오미쓰의 남편은 본래 고용살이 일꾼인지라 오미쓰에게 전혀 맥을 못 추는 남자거든."

"그런 얘기는 지겹습니다." 히코지는 완강하게 말했다.

"무엇보다, 어떻게 아저씨가 그런 걸 아십니까? 에코인의 모시치 대장님이 아저씨께 그런 얘기를 술술 늘어놓을 리도 없는데."

"아아, 취하니까 기분이 좋은걸." 하라스케는 히코지의 얼굴을 보지 않고 말하더니 천천히 고개를 돌렸다.

"쓸데없는 참견이었나 보군."

일어서서 가게를 나갈 때, 하라스케는 다시 진지한 얼굴로 돌아와 덧붙였다.

"히코지, 자네, 망설일 것 없네. 도베에게 향이라도 한 대 바치러 가 주게나. 자네가 가 주는 것이 그 사람에게는 제일 좋은 공양이야."

"제가요?" 히코지는 내뱉었다.

2

그날 밤, 히코지는 잠들지 못한 채 천장을 노려보고 있었다. 바로 옆 이불에서는 같은 방을 쓰는 고용살이 일꾼이 기분 좋은 듯 코를 골고 있다.

오미쓰 씨가 살인을 할 리 없다.

하라스케에게 들은 말이 머릿속을 빙글빙글 돌아다닌다. 결국에는 그것을 몰아내기 위해 머리까지 이불을 뒤집어써야만 했다. 아무것도 듣지 않은 셈치고 잊어버리고 싶었다.

잠시 후 다시 이불 끝으로 눈만 내놓았다.

뭔가 있다. 뭔가 중요한 것이 마음에 걸리는데, 그게 무엇인지 모르겠다.

"빌어먹을."

히코지는 다시 이불로 기어 들어갔다.

그것이 무엇인지는 다음 날 아침 멍한 머리로 우물가에 얼굴을 씻으러 나갔을 때 깨달았다.

어젯밤에는 비가 조금 내렸다. 따뜻한 봄비로 땅이 질퍽거린다. 히코지가 신고 있는 나막신의 굽에도 부드러운 진흙이 달라붙어 있었다.

뭔가 나무 부스러기 같은 것이 도베에의 나막신과 옷소매에 붙어 있었다.

그 여자──눈물을 흘리면서 합장을 하고 있던 그 여자다. 그 여자가 사라진 자리에도 나무 부스러기가 떨어져 있었다.

히코지는 무턱대고 내달리지는 않았다. 자기 혼자서 딱 한 번 보았을 뿐인 여자를 찾아내기는 무리다. 대신 에코인의 모시치를 찾아가 자신이 본 사실을, 생각하는 바를 이야기했다.

"어쩌면 도베에 씨는 도리초에서 돌아오는 길에 그 아가씨의 집이나 그 아가씨가 일하는 가게에 들렀는지도 모릅니다. 그렇다면 그 아가씨는 살아 있는 도베에 씨를 만난 마지막 사람입니다. 제가 보았을 때의 그 아가씨는 깊은 사연이 있어 보였습니다."

모시치는 올해 쉰 살이 된다. 이 일을 한 지 이십오 년이다. 히코지의 이야기를 듣고 나자 그는 완전히 벗겨진 머리를 쓰윽 쓰다듬으며 중얼거렸다.

"역시 나막신 가게인가?"

"나막신?"

"오동나무 향기가 났다고 했잖나. 도베에는 항상, 나막신만은 직접 어디론가 사러 가곤 했다고 하네. 주문 제작한 걸로 말이야. 어쨌거나 덩치가 큰 사람이었으니."

"꼭 나막신이라고 할 수는 없지요. 장롱도……."

"나막신과 장롱이라면 깎고 남은 나뭇조각의 모양이 다를 걸세. 도베에의 나막신을 보았을 때 나도 그걸 알아차렸지만, 그냥 나막신 가게 앞을 지나가기만 해도 나뭇조각은 묻으니까."

모시치는 끊임없이 대머리를 문지르고 있다가 물었다.

"어이, 자네, 아가씨의 얼굴을 다시 보면 알아보겠나?"

히코지는 단호하게 고개를 끄덕였다.

*

그로부터 보름도 지나지 않아 모시치 쪽에서 소식이 들어왔다.
"찾았다고요?"
히코지는 저도 모르게 국수를 건지는 소쿠리를 내던졌다. 하라스케가 호되게 정강이를 걷어찼다. 그러고는 말했다.
"얼른 다녀오게."
모시치의 안내를 받으며 따라간 곳은 니혼바시 혼초의 큰길에서 조금 옆길로 들어간 곳에 있는 작은 나막신 가게 앞이었다.
〈신발 맞춰 드립니다〉
비 때문에 글씨가 번진 간판이 흔들리고 있다. 어디에나 있는 임대 주택으로, 비가 샐 것 같은 판자 지붕이 미덥지 못하다. 그래도 가게 입구는 깨끗하게 청소가 되어 있고, 통행에 방해가 되지 않는 곳에 국화 화분이 두 개 나란히 놓여 운치를 더하고 있었다.
나막신 가게라고 해도 이곳은 소매점이 아니라 맞춤 전문이고, 만들어진 물건은 더 큰 신발 가게에 납품하는 것 같았다.
문을 열면 곧장 봉당 같은 작업장이 있고, 맞추고 있는 나막신이나, 두께는 두 치 다섯 푼에 폭이 네 치 정도로 다듬어진 오동나무 판자, 대패, 톱, 숫돌 가루 등이 겉으로 보기에는 잡다하게, 그러나 사용하기 편하도록 줄지어 놓여 있었다.
"실례 좀 하겠네. 누구 없나?"
모시치가 부르자 예, 하는 목소리가 들렸다. 어서 오세요, 하더니 가벼운 발소리가 난다. 싱싱한 오동나무 향기 속에서 히코지와 모시치는 힐끗 눈을 마주쳤다.

밖으로 나온 여자의 얼굴을 보고 히코지는 금방 알았다. 그 아가씨다.

놀랍게도 여자 역시 히코지를 알아본 모양이었다. 그때 그랬던 것처럼 히코지의 얼굴을 물끄러미 보더니 모시치에게 시선을 옮겼다.

"방해해서 미안하네. 나는 에코인의 모시치라는 사람일세. 이쪽은……."

모시치의 말이 끝나기도 전에 여자는 천천히 머리를 숙였다. 전부 다 알고 있습니다, 라는 몸짓으로 보였다.

"저는 오소노라고 합니다." 또렷하고, 어딘가 의젓한 목소리였다. "대장님이 찾아오시지 않으면 제 발로 찾아뵈려고 생각하고 있던 참입니다."

마침 그때 한 남자가 모퉁이를 돌아 다가왔다. 직인 차림을 하고는 있지만 흐트러진 머리카락과 술에 취해 불그레한 얼굴로 보아, 일을 공치고 있거나 일이 있어도 해낼 수 있는 상태가 아니라는 것을 한눈에 알 수 있다. 남자는 세 사람을 날카롭게 훑어보았지만 모시치의 허리띠 사이에 꽂혀 있는 짓테체포 도구의 일종. 쇠나 나무 등으로 만든 막대의 손잡이에 갈고리 같은 것을 단 무기를 알아차리자 흐리멍덩했던 눈이 번쩍 뜨였다. 재빨리 판자문을 열고 이웃 임대 주택으로 모습을 감추고 말았다.

히코지는 남자의 눈빛에서 불쾌함을 느꼈다. 모시치를 보니 역시 비슷한 것을 느꼈는지 얼굴을 찌푸리고 남자가 사라질 때까지 지켜보고 있었다.

"여기에서는 뭣 하니 안으로 들어오세요. 어수선하지만요."

오소노는 일터 바로 안쪽에 있는 두 평 정도 되는 방으로 두 사람을 안내해 주었다.

"자네가 나막신을 만들고 있나?"

모시치가 묻자 오소노는 백비탕을 따른 찻잔을 상에 올려놓고 권하면서 고개를 저었다.

"그건 제 오라비가 하는 일입니다. 저는 나막신 끈을 꿰거나 만들어진 물건을 옮기는 일을 거들고 있지요. 오라버니는 지금 맞춤 나막신 일로 단골 여관에 불려 가고 없어요."

히코지와 모시치는 각자 얌전한 얼굴로 백비탕을 홀짝였다. 입을 연 것은 오소노 쪽이었다.

"오우미야의 도베에 씨는 돌아가시던 날 밤에 이곳에 오셨어요."

모시치가 눈썹을 치켜올렸다.

"그게 사실인가?"

"거짓말은 하지 않습니다. 저는 도베에 아버지 일로 오우미야에 여러 가지 나쁜 소문이 났다는 말을 듣고 제 쪽에서 나설 생각을 하고 있었을 정도니까요."

"도베에 아버지?"

히코지는 소리 높여 되물었다. 모시치는 표정으로 '잠깐 기다리게' 하고 신호를 보내 왔다.

"도베에는 여기에 뭘 하러 왔었나?"

"저희에게 돈을 받기 위해서였어요."

"돈?"

"네. 저희는 도베에 아버지에게 돈을 빌렸거든요. 오빠와 제가 제몫을 하게 되어 이 가게를 해 나갈 수 있게 될 때까지라는 약속이 었지요."

오소노는 무릎 위로 시선을 떨어뜨렸다가 얼굴을 반짝 들었다.

"저희 남매의 부모는 본래 이 근처에서 나막신 가게를 하고 있었습니다. 하지만 아버지가 도박에 빠지는 바람에 오빠가 열 살, 제가 아홉 살이었을 때 가게가 망하고 말았어요. 아버지는 도망쳐 버리고 어머니는 저희를 키우기 위해 지나치게 일을 하다가 병을 얻어 걸핏하면 앓아누우셨지요."

나와 똑같다. 히코지는 마음속으로 중얼거렸다.

"가게 세도 밀려서, 관리인도 안됐지만 더 이상은 눈을 감아 줄 수 없다고 말했습니다. 저희는 다음 끼니도 막막했어요. 오빠와 저는 어떻게든 어머니를 지키며 살아가고 싶다는 마음은 있었지만 어떻게도 할 방법이 없었습니다."

오소노는 가라앉은 목소리로 말했다.

"그런 때에 도베에 아버지가 저희를 찾아와 주셨어요. 도베에 아버지는 이곳 관리인과 오랫동안 알고 지낸 사이라고 했습니다."

"그래서 도베에는 어떻게 했나?"

"오빠에게 고용살이할 곳을 찾아 주셨어요. 그곳이 지금 우리에게 나막신을 납품받고 있는 가게예요. 어머니가 요양소에 들어갈 수 있도록 수속을 해 주시고, 제게는 아이 돌보는 일을 하는 고용살이를 소개해 주셨지요."

"겨우 아홉 살이었던 자네에게 말인가?"

놀라서 약간 날카로운 목소리를 낸 모시치에게, 오소노는 고개를 끄덕였다. 뺨이 발그레해졌다.

"세상 사람들은 도베에 아버지를 보고 귀신이다, 수전노라고 합니다. 하지만 그건 아니에요. 저는 그걸 알아요."

무릎 위에서 주먹을 움켜쥔다. 도베에의 장례식 때 염주를 쥐고 있던 그 작은 손이다.

"아버지는 말씀하셨어요. 돈이라면 있다고. 너희를 그냥 키워 줄 수도 있다고. 하지만 그렇게 해서는 안 된다고요. 너희는 앞으로 어른이 될 테고, 남에게 적선을 받으며 살아가는 걸 배워서는 안 된다고요."

의연하게 고개를 든다. 그 눈이 젖어 있었다.

"그렇지만 오빠나 제가 하는 일만으로는 도저히 먹고살 수가 없었습니다. 그럴 때면 도베에 아버지는 저희에게 돈을 주셨어요. 하지만 반드시 이렇게 말씀하셨습니다. 나는 너희에게 적선하는 게 아니라고. 이건 빌려 주는 거라고요. 어른이 되어 제몫을 할 수 있게 되면 갚아야 한다고요."

히코지는 뺨이 달아오를 것 같은 기분을 남몰래 억눌렀다. 너는 개가 되어도 상관이 없는 게냐? 라는 도베에의 말이 되살아나 귀를 때렸다.

"오빠가 고용살이를 마친 작년 가을, 어떻게 여기에 가게를 낼 수 있게 되었을 때도 도베에 아버지는 저희에게 돈을 빌려 주셨어요. 그것도 쭉, 앞으로 오랜 시간에 걸쳐서 갚으면 된다고, 너희는 훌륭하게 자랐다고 말씀해 주셨습니다. 그리고 언제나 저와 오빠가 만든 나막신을 사 주시곤 했지요."

"그럼 그날 밤에도 도베에는 여기에 돈을 받으러 왔던 게로 군……. 얼마였나?"

"한 푼입니다. 저희는 그만큼씩 갚아서는 도베에 아버지가 백 살까지 사시지 않으면 다 못 갚겠다고 말했습니다. 그러면 아버지는 늘, 백 살까지 살 거라며 웃곤 하셨어요."

오소노는 깊이 숨을 들이쉬고 나서 말했다.

"도베에 아버지는 그런 분이었습니다. 장사도 살아가는 것도 정말 고된 일이라고 하셨어요. 그렇기 때문에 남에게 적선을 받으며 살아서는 안 된다고요. 적선을 하는 것과 돕는 것은 다르다고요. 적선을 하면 적선한 사람은 기분이 좋을지도 모르지만, 적선을 받은 쪽을 망가뜨리게 된다고요."

오소노는 반쯤 우는 듯한 쓸쓸한 웃음을 지었다.

"도베에 아버지는 오우미야 얘기를 하시면서 조미밥을 버리거나 화려한 평판을 내는 일도 전부 힘든 장사의 고비를 넘기 위한 아버지의 고육지책이라고 말씀하신 적이 있어요. 그러니 너희도 오우미야의 도베에는 귀신이라는 평판을 듣더라도 반박하거나 해선 안 된다고. 귀신도 수전노도 아버지의 소중한 간판이라며 웃곤 하셨어요. 저희는 그 약속을 지금껏 지켜 왔습니다. 저희 말고도 그런 분이 있지 않을까 하는 생각이 들어요. 아무도 모를 뿐이지요."

잠시 후 히코지는 가까스로 물었다.

"오소노 씨, 당신은 계속 도베에 씨를 도베에 아버지라고 불러 왔나요?"

오소노는 고개를 끄덕였다.

"제게는 친아버지보다 소중한 분이었습니다. 그래서 장례식 때도, 먼발치에서라도 좋으니 전송을 하고 싶었어요."

그때 별안간 모시치가 손을 들어 이야기를 가로막았다. 갑자기 목소리를 낮춘다.

"이보게, 오소노 씨. 이 옆집에 사는 남자, 그 사람은 언제부터 여기 있었나?"

갑자기 화제가 바뀌었기 때문에 오소노는 당혹스러워하며 눈살을 찌푸렸다.

"한 달쯤 전부터입니다. 기와를 만드는 직인이라고 하는데, 시종 술에 절어 있고 거의 일은 하지 않는 것 같아요."

모시치는 더욱 작은 목소리로 물었다.

"도베에 씨가 왔던 그날 밤에도 옆집 남자가 있었나?"

오소노는 고개를 갸웃거렸다.

"제가 도베에 아버지를 큰길까지 배웅하러 나갔을 때는 옆집에도 불이 켜져 있었던 것 같았지만……."

"일을 하지 않고도 그렇게 얼굴에 표가 날 만큼 코가 비뚤어지게 술을 마실 수 있다니 부러운 일이로군……."

모시치는 혼잣말처럼 그렇게 중얼거리더니 손을 뻗어 옆집과의 경계인 얇은 벽을 가만히 두드렸다.

"히코지. 좀 거들어 주게. 오소노 씨는 거기서 움직이면 안 되네."

모시치는 밖으로 나가더니 발소리를 죽이고 옆집 판자문에 바싹 붙었다. 그러고는 단숨에 문을 걷어차 열었다.

그 뒷일은, 히코지에게는 눈 깜짝할 사이의 일이었다. 아까 그 남자가 오소노 남매의 방과 이쪽 사이에 있는 벽에 귀를 바싹 대고 있는 모습이 언뜻 보이는가 싶더니 우당탕 하는 발소리가 들렸다. 모시치가 "뒤다, 뒤야!" 하고 고함쳤다.

히코지가 짚신 한 짝을 벗어던지며 가게 뒤쪽으로 달려가자 남자는 판자담을 넘어 도망치려 하고 있었다. 히코지는 순간 눈에 띈 대나무 장대를 집어 들고 남자의 등을 향해 휘둘렀다. 남자는 비명과 함께 땅바닥에 떨어졌다. 모시치가 숨을 헐떡이며 달려왔다. 기어서라도 도망치려고 하는 남자의 팔을 비틀어 올리고 익숙한 솜씨로 재빨리 오라를 지웠다.

"히코지, 괜찮나? 그건 그렇고 자네, 국수 만드는 사람답게 막대 다루는 솜씨는 좋구먼."

"이게 대체……."

"오소노 씨, 이제 나와도 되네."

모시치가 숨을 가다듬으며 불렀다.

"보게, 이놈이 도베에 아버지를 해친 놈일세."

오소노는 눈을 크게 뜨고 양팔로 팔꿈치를 껴안은 채 우두커니 서 있다. 히코지가 대신 물었다.

"그럼 대장님, 이 녀석이 도베에 씨의 뒤를 밟아서……."

히코지가 손가락으로 가리키자 남자는 이제 술도 완전히 깨었는지, 야윈 턱을 가슴에 파묻고 몸을 잔뜩 움츠린다.

"그렇다네. 얇은 벽을 통해, 이웃 나막신 가게에 와 있는 사람이 오우미야의 도베에라는 말을 들은 게지. 도베에라면 품속에 돈을 잔뜩 들고 다닐 거라고 짐작한 걸세."

3

 남자의 이름은 겐로쿠. 붙잡힌 지 얼마 되지 않아, 오우미야의 도베에를 때려죽이고 품속에 있던 것을 훔쳤음을 자백했다.
 겐로쿠는 오소노도 말했다시피 본래는 기와 직인이었다. 성실하게 일을 했지만 술을 좋아하는 천성이 원인이 되어, 주인의 돈을 쓰는 잘못을 저지르는 바람에 일도 신용도 잃었다.
 겐로쿠는 돈이 없어 곤경에 처해 있었다. 한 번의 잘못으로 모든 것을 망쳐 버린 것을 후회하는 한편으로, 세상에 대해 공연히 화가 나기도 했다.
 이웃 나막신 가게를 찾아오는 사람이 오우미야의 도베에라는 사실을 알았을 때, 겐로쿠의 마음속에서 남아 있던 애꿎은 분노의 불씨가 타올랐다. 오우미야의 도베에, 역겨운 놈이 아닌가. 게다가 돈을 빌려 주느니 갚느니 하는 이야기가 들려온다. 초밥 장사로 큰돈을 버는 것만으로는 모자라서 몰래 고리대금까지 하고 있나? 저런 더러운 놈이 뻔뻔스럽게——.
 섣부른 해석과 부조리한 분노에 찬 겐로쿠는 집으로 돌아가는 도베에의 뒤를 밟았다. 고마도메 다리에서 도베에를 뒤에서 돌로 쳐죽이고 돈을 훔쳤다. 살인에 쓴 돌은 해자에 던져 버리고 도망쳐 돌아갔지만, 그 후로는 매일 더욱더 술을 마시지 않을 수 없었다…….

겐로쿠는 그렇게 이야기했다고 한다.

 그로부터 며칠 후.
 히코지와 오소노는 모시치와 함께 오우미야를 찾아갔다. 도베에게 향을 올리고, 지금은 오우미야의 진짜 주인이 된 오미쓰 부부에게 인사를 하기 위해서다. 후자 쪽은 오소노가 특히 바라는 일이었다.
 하지만 오소노의 소망은 이루어지지 않았다. 오미쓰의 남편은 도베를 잃고 혼란을 일으키고 있는 많은 분점들을 관리하기 위해 뛰어다니고 있었고, 오미쓰는 어디 나가고 없었다. 그들을 맞아 준 것은 오우미야에서 고용살이를 한 지 사십 년이 되었다는 최고참 대행수다.
 지금까지의 경위와, 앞으로도 도베에게 빌린 돈을 조금씩이나마 갚아 나가고 싶다는 오소노의 이야기를 들은 후 대행수는 천천히 말했다.
 "그것은…… 오소노 씨의 마음속에만 담아 두시는 게 좋을 것 같습니다."
 히코지와 오소노는 얼굴을 마주 보았다.
 "오미쓰 아가씨――아니, 마님은 그런 얘기를 들어도 기뻐하시지는 않을 겁니다. 오히려 어린아이에게 해 준 일인데도 빚으로 장부에 달아 놓고 갚게 하는 나리의 방식에 더욱 화를 내실 뿐입니다."
 "하지만 그건 저희도 납득한 일이었어요."
 오소노는 주장했다.

"도베에 아버…… 아니, 도베에 씨는 저희를 불쌍히 여겨 적선해 주신 게 아니었어요. 저희를 장사나 거래를 할 수 있는 어른으로 제대로 키우기 위해 해 주신 일입니다."

"압니다. 저는 잘 압니다. 그래도 마님에게는 통하지 않습니다. 그런 게 통할 정도라면 나리와 그렇게 대립하지도 않으셨을 테니까요."

히코지와 오소노를 부드럽게 번갈아 바라보며 대행수는 말했다.

"마님은 장사가 얼마나 힘든 일인지 모르고 자라 오셨습니다. 그 대신 귀신이니, 수전노니, 허영이니 하며 세상 사람들이 좋은 뜻으로든 나쁜 뜻으로든 야단을 피우는 아버지를 갖고 계셨지요. 마님은 마님 나름으로 그것을 어린 마음에 갑갑하게 생각하며 한을 품고 자라 오셨을 겁니다. 그래서 마님은 그것을 아무에게나 가리지 않고 '적선'함으로써 메우려고 하는 데가 있으셨습니다."

히코지의 귀에 '언제든지 와, 우리 집에는 밥이라면 얼마든지 있으니까'라고 하던 달콤한 목소리가 되살아났다.

"오소노 씨가 말하는, 결국 나리가 말씀하셨던 '적선하는' 것과 '돕는' 것의 차이를 저 같은 사람은 압니다. 그런 기분을 느껴 본 적이 있으니까요. 하지만 마님이 그것을 아시게 하기란 이제 무리일 겁니다. 나리와 싸우던 원인도 항상 그 일이었습니다. 앞으로 장사를 통해 얼마쯤 고생을 하면서 서서히 깨달아 나가시면 좋겠습니다만."

오우미야를 떠날 때가 되었을 때 교대하듯이 오미쓰가 돌아왔다.

히코지의 가슴 깊은 곳이 두근거렸다.

한올 흐트러짐 없이 단정하게 틀어올린 머리카락. 수수한 광택을 내뿜는 기모노를 입고 있고 버선은 눈처럼 하얗다. 매끈한 손과 목덜미와 통통한 얼굴은 그것보다도 더 하얘서, 투명하게 보이기까지 한다.

대행수는 정중하게, 오소노와 히코지가 돌아가신 나리께 은혜를 입어 향을 올리러 와 주신 분들이라고 소개했다.

히코지의 이름을 듣고도 오미쓰는 깨끗하게 다듬은 눈썹을 움직이지 않았다.

"옛날에, 마님이 아직 어린아이였을 무렵, 먹을 것이 없어 곤란해하고 있는 저를 도와주신 적이 있습니다."

히코지가 참다 못해 그렇게 말하자 여자는 부드럽게 웃음을 띠었다.

"그랬나요……. 그런 일이라면 많이 있었으니 신경 쓰지 마세요."

그것을 끝으로, 형식적이고 무난한 인사를 남기고 기모노 자락을 사락사락 울리며 방 안쪽으로 사라졌다.

"나를 기억하지 못했어……."

고마도메 다리 부근까지 돌아왔을 때에야 히코지는 겨우 그렇게 말할 수 있었다. 오소노는 잠자코 있었다.

그 외잎 갈대는 대체 무엇이었을까. 아가씨는 그 일도 잊어버린 걸까.

"이보게, 히코지. 좋은 걸 하나 가르쳐 줄까?"

모시치가 웃었다.

"자네, 하라스케가 이번 일에 대해서 몹시 잘 아는 게 이상하다고 생각하지는 않았나?"

분명 그렇게 생각했다. 히코지는 의아한 듯이 고개를 끄덕였다.

"그렇지? 그건 말일세, 자네를 하라스케의 가게에 소개한 사람이 오우미야의 도베에였기 때문일세."

히코지는 숨이 멎을 만큼 놀랐다.

"도베에의 부탁으로 하라스케는 그 사실을 지금껏 숨기고 있었네만, 일이 그렇게 되고 자네가 이번 일에 신경을 쓰니 하라스케가 나를 찾아와 이것저것 물어보고 가더군. 그렇게 된 걸세."

그럼 잘 가게. 모시치는 손을 한 번 흔들고는 두 사람과 헤어져 잠시 가다가 돌아보았다.

"이보게, 히코지. 오소노 씨를 바래다 주는 김에 나막신 한 켤레 새로 맞추면 어떤가?"

히코지와 오소노는 고마도메 다리 위에서 모시치를 전송했다. 초록색 갈댓잎이 바람에 살랑거리고 있다.

어린아이의 약속이다······. 히코지는 생각했다. 이미 잊었다 해도 무리는 아니다. 중요한 것은 그 약속이 나를 지탱해 주었다는 사실이다. 히코지는 쓸쓸함을 억누르며 자신을 타일렀다.

"외잎 갈대네."

오소노가 문득 중얼거렸다.

"신기하네요. 어째서일까?"

두 사람 중 한 사람의 마음에만 남아 있는 추억을 나타내듯이, 한쪽에만 잎이 나는——.

"모르기 때문에 좋은지도 모르지요."
히코지는 그렇게 말하면서 불쑥 손을 뻗어 갈댓잎 하나를 뚝 꺾었다.

두 번째 불가사의

배웅하는 등롱

혼조 그처에서 이슥한 밤에 혼자 밤을 걸어가다 보면, 아득히 먼 전방에 오도카니 등롱의 빛이 보인다. 누군가 사람이 있으려니 생각해 신경 쓰지 않고 걸어가도 비슷한 정도의 거리에서 계속 등롱의 빛이 보인다. 마치 자신을 배웅해 주는 것 같지만, 따라잡으려고 발을 빨리해도 짐을 알 수 없었고, 등롱을 들고 있는 것의 정체도 알 수 없었다.

1

　오린이 희생양으로 뽑힌 것은, 오노야에는 달리 뱀띠해에 태어난 여자가 없었으니까. 이유는 단지 그것뿐이었다.
　딱히 아가씨가 아주 심술궂은 것은 아니다. 오린은 그렇게 생각하려고 했다. 시월 축삼시^{丑三時}_{새벽 두 시에서 두 시 반 사이}에 이제 겨우 갓 열두 살이 된 오린을 혼자 보내는 일이 얼마나 가혹한지 모를 만큼, 아가씨가 앓는 사랑의 병은 무거운 것이다.
　오노야는 혼조 후카가와 일대에서는 제일 큰 담뱃가게다. 오린은 여덟 살 때부터 이곳에서 고용살이를 하고 있다. 시킨 일을 시키신 분의 짐작보다 조금 더 빨리 해치워 버리는 재치 덕분에 귀여움을 받으며 지내 왔다.
　요즘은 밥을 짓는 일이 오린의 가장 중요한 역할이다. 행수들만 해도 열한 명이나 되는 대식구이다 보니, 오린은 매일 아침 작은 가슴이 터질 정도로 대통을 불어 불을 지펴야만 한다. 밥을 지으라는 명령을 처음 받았을 무렵에는 막상 자신이 밥을 먹을 차례가 와도 눈이 빙글빙글 돌아 먹을 수가 없었다.
　오노야의 아가씨는 올해 열다섯. 혼담도 간간이 들어오기 시작했다. 미인을 밝히는 혼담처도 많다. 훌륭한 오라비가 있어서 장사에 대해서는 전혀 모르지만 아무도 탓하지 않는다.
　대신 아가씨의 매일은 교양 수업으로 메워졌다. 글씨, 샤미센, 거문고, 춤. 열을 올리는 것은 어머니뿐이고 아가씨는 어느 것이나 반쯤 놀이 같은 기분이지만, 축하연 자리 등에서 실력을 보일 때는 통통하고 아름다운 뺨이 자랑스러운 듯 상기된다. 그럴 때만은 교양 수업을 강요하는 어머니에 대한 불만도 깨끗이 사라져 버리는 모양이다. 아가씨의 교양 수업에 따라가는 일도 오린의 역할 중 하나다. 하녀로서의 일도 하면서 하는 것이라 꽤나 바쁘다.

바쁜 것은 오린만이 아니었다. 아가씨도 바쁜 틈틈이 교양 수업과는 다른 일에 마음을 쓰고 있었다.

그녀는 끊임없이 사랑을 한다. 많은 사랑을 해 왔다. 하지만 그 사랑이 오린을 직접 끌어들이게 된 경우는 이번이 처음이다.

"내가 아가씨께 말씀드려 주마. 아가씨도 좀 지나치게 제멋대로야."

세이스케는 오린에게 그렇게 말했다. 주방 봉당에 내려서서 커다란 몸을 반으로 접고 오린 옆에 쪼그려 앉는다. 오린은 화덕의 불 색깔을 보고 있었다.

"그렇게 안 해 주셔도 돼요. 정말 괜찮아요."

세이스케는 행수 중에서는 제일 나이가 어리다. 외상값을 받으러 가서는 머리를 숙이고, 가게로 돌아와서는 머리를 숙인다. 그렇다고 해서 견습 점원들을 상대로 으스댈 만한 성품도 아니다. 자연히 잠자코 있을 때가 많아진다. 오린은 세이스케가 친근하게 말을 건네는 몇 안 되는 상대 중 하나였다. 오린이 오노야에서 고용살이를 시작한 지 얼마 안 되었고 그도 아직 견습 점원이었을 때부터 그랬다.

오린은 가끔 생각한다. 세이 씨는 내게 상냥하게 대해 준다. 그것은 자신에게도 상냥하게 대해 줄 수 있는 손아랫사람이 있다는 사실을 확인하며 기분을 누그러뜨리고 싶기 때문일 것이다.

하지만 지금과 같은 경우에는 조금 놀랐다. 어떤 일이건 세이스케가 아가씨와 관련된 일로 비난하는 말을 입에 담는 것은 처음이다. 다른 누구도 아닌 자신의 편을 들어 준다고 생각하니, 오린은 더욱 기뻤다.

"그래도 너무하지 않니. 오린, 무섭지 않아?"

아가씨는 오린에게 매일 밤 축삼시에 에코인 경내에 가서 자갈 하나를 주워 오라고 시켰다. 그것을 백일 밤 동안 계속한다. 그 사이 누군가에게 모습을 들켜서는 안 된다. 절대로 안 된다.

백일 밤이 지나 자갈이 백 개 모이면 그 하나하나에——

"사랑하는 사람의 이름을 적어 오카와 강에 흘려 보내는 거야. 그렇게 하면 반드시 맺어진다고 했어."

아가씨는 노래하듯이 말했다.

본래 에코인은 인연을 맺어 주는 것으로 유명한 절은 아니다. 사랑하는 사람과 맺어지게 해 달라는 기원이라 해도 자갈을 주워 오다니, 들어 본 적도 없는 방법이다. 이것은 모두 아가씨와 사이좋은 친구이자 이런저런 점술에 대해 잘 아는 처녀가 해 준 이야기였다. 인연은 각자 다르기 때문에 맺는 방법도 한 가지가 아니라 상대에 따라 달라진다는, 납득하지 못할 이유도 없는 논리에 아가씨는 완전히 넘어가고 말았다. 요즘 거문고 선생님의 눈을 피해 둘이서 이런 일에 열을 올리고 있었다는 사실을, 오린은 잘 알고 있다.

"기원을 하려면 아가씨가 직접 가시지 않고서는 의미가 없을 것 같은데."

세이스케는 말했다. 오린의 손에서 대통을 받아들고는 세게 불었다. 크게 타오른 불꽃의 열기 때문에 오린은 눈을 가늘게 떴다.

"뱀띠해에 태어난 여자가 기원을 하지 않으면 아가씨의 인연은 맺어지지 않는대요."

"별 웃기는 논리도 다 있군."

세이스케는 아주 조금 화가 난 것처럼 보였다.

늘 그렇다. 세이스케는 화를 내지 않는다. 화난 것처럼 보일 뿐.

"무엇보다, 그런 시간에 오린 혼자 밖에 내보냈다가 만에 하나 유괴라도 당하면 어찌시려는 걸까."

"저는 다리가 빠르니까 유괴범에게 끌려갈 일은 없을 거예요."

세이스케는 무겁게 고개를 저었다. 쌀이 익는 좋은 냄새 속에서 장소에 어울리지 않게 진지한 얼굴은 진짜 걱정으로 흐려져 있었다.

"그렇게 가볍게 생각해선 안 돼. 아주 조심해야 해."

오린은 고개를 숙였다.

사실은 무섭다. 무섭지 않을 리가 없다. 하지만 그렇게 말한다고 해서 무슨 소용이 있을까.

아가씨는 똑똑한 사람이다. 오린은 생각한다. 이 기원을 시켰을 때, '날 돕는다고 생각하고 부탁 좀 들어 줘' 하며 오린에게 간절히 비는 척했다. 그리고 밤에 나가 돌아다니는 것에 대해서는 걱정하지 않아도 된다, 오후쿠 씨에게는 내가 꼭 허락을 받아 두겠다는 말을 덧붙이며 오린의 눈을 물끄러미 들여다보았다.

오후쿠는 오노야에서 가장 고참인 하녀 우두머리다. 오린에게 가장 무서운 감시역이다. 그와 동시에 오노야에서 누구보다도, 어쩌면 친어머니인 안주인보다도 아가씨에게 열중해 있고 보물처럼 귀여워하는, 아가씨의 편이기도 하다. 아가씨가 갖고 싶다고 말한다면 성의 돌담이라도 떼러 가려고 할 것이다.

그러니 오린이 만일 이런 부탁은 싫다고 거절한다면, 앞으로 오노야에서 오린의 생활은 밤길을 돌아다니기보다 훨씬 더 힘들어질 것이다. 나리나 마님께 호소해서 아가씨를 꾸중하게 한다 해도, 그것이 일단락되고 오린이 돌아올 곳이라곤 오후쿠의 영역뿐이다.

그럴 바에는 졸리거나 춥거나 무서움을 참는 편이 그나마 낫다.

"──내가 대신 가 줄까?"

세이스케가 작은 목소리로 제안했다. 도움의 손길을 내민다기보다는 오린에게 허락을 얻으려는 듯, 주뼛거리는 눈을 하고 있었다.

오린은 천천히 고개를 저었다.

"그건 안 돼요. 뱀띠해에 태어난 여자가 아니면 안 되니까요."

"그럼 오린 너와 함께 가 주마."

"그것도 안 돼요. 저 혼자여야지, 다른 누군가가 있으면 안 되니까요."

기원은 오늘 밤부터다. 그때까지는 하루의 일이 산더미만큼 기다리고 있다. 괴로운 마음이 오린을 문득 심술궂게 만들었다.

"게다가 세이스케 씨, 만일 세이스케 씨가 저와 함께 갔다는 것을 알게 되면 아가씨는 세이스케 씨가 질투를 해서 사랑 기원을 방해하려 하고 있다고 생각하실 거예요, 틀림없이."

세이스케의 커다란 어깨가 움츠러들었다. 오린은 곧 후회했다. 이 덩치 큰 행수가 아가씨를 연모하고 있다는 사실은 오노야 사람이라면 누구나 알고 있다. 사로잡힌 고래가 바다를 그리워하듯이 세이스케는 아가씨를 사랑하고 있었다.

2

　오노야에서 에코인까지, 오린의 다리로는 삼십 분이 걸린다.
　뒷문을 나서자 초겨울의 차디찬 바람이 불어닥쳤다. 밤에 부는 찬바람에 이가 딱딱 부딪쳤다. 오린은 몸을 움츠렸다. 왼손에 든 등롱의 불도 움츠러들었다.
　걷기 시작한다. 한 걸음 한 걸음이 오노야에서, 따뜻한 잠자리에서, 안락하지는 않지만 안전한 곳에서 오린을 떼어놓는다. 거리를 감싸고 있는 어둠은 손을 대어 보면 무겁게 느껴질 만큼 짙다. 맛을 보면 쓸 것이 분명하다. 어디에선가 무언가 펄럭펄럭 움직이는 소리가 난다. 오린은 그 '무언가'를 찾지 않기로 했다. 눈에 보이지 않는다면 무서울 테니까.
　돌아보아서는 안 된다. 마음을 다지며 오린은 열심히 걸었다. 오늘 밤은 하늘에 달도 보이지 않는다. 찬바람에 날아가 버렸는지도 모른다.
　목적지의 절반까지 왔을 때가 제일 무서웠다. 오노야로 도망쳐 돌아가기에도, 에코인으로 도망쳐 들어가기에도 비슷한 거리다. 널문을 닫고 잠들어 있는 상인 집안이나 저자 사람들에게 오린의 목소리는 들리지 않을 것이다. 유괴범이 납치하러 와서 오린이 소리를 질러도 아무것도 들리지 않을 것이다. 들개만이 끌려가는 오린의 그림자가 길모퉁이를 도는 모습을 힐끗 발견할 수 있으리라. 수건으로 얼굴을 푹 감싸 바람을 피하며 심야에 메밀국수 장사를 하는 아저씨만이, 완전히 싸늘해진 오린의 짚신 한 짝을 주울 수 있으리라.

혼조 모토마치의 저자를 빠져나가 에코인이 보이는 데까지 와서는, 오린은 견디지 못하고 달리기 시작했다. 등롱이 흔들리고 숨이 차서 경내에 뛰어 들어갔을 때는 다리가 풀려 쓰러지고 말았다.

그 소리가 무서웠다. 쥐 죽은 듯 조용한 경내에서, 오린이 낸 소리에 무언가가 잠에서 깨어나 움직이기 시작한 것만 같았다. 찬바람이 불어 갔다가 다시 돌아와 오린의 눈에 모래를 뿌렸다.

손에 자갈을 쥔다. 아주 작다. 아주 차갑다. 일어서서 옷자락을 털고 후들후들 떨리는 무릎으로 오른쪽으로 돌았다.

돌아보았다. 바로 이 순간에 누군가가 보고 있는 기분이 들어 견딜 수가 없었다.

나무들이 술렁거렸다. 어둠이 끈적끈적하게 흘러간다. 오린은 뒤도 보지 않고 도망쳤다.

달리고 또 달리고 그저 달린다. 이대로 오카와 강 끝까지 계속 달려가 똑바로 강에 몸을 던져 버릴까. 하지만 오린의 다리는 료고쿠 다리가 오른쪽에 보이는 곳에서 크게 돌아, 울상을 지으면서 이치노 다리 근처까지 와서야 겨우 멈추었다.

멀리 등롱의 불빛이 보였다.

오도카니 하나.

노란 불빛은 오카와 강을 등지고, 깊은 밤을 등지고 오린의 눈높이에 떠 있었다.

강한 찬바람이 또 불어왔다. 오린은 눈을 크게 뜨고 있었다. 바람이 차가워서 눈물이 났지만 눈도 깜박이지 않았다.

멀리 있는 등롱도 눈 한 번 깜박이지 않는다.

오린은 서서히 뒤로 물러났다. 그러고는 천천히 눈을 감았다 떴다. 그 사이에 등롱이 오린에게 날듯이 다가올지 모른다. 그 뒤에는 무언가가 있을지도 모른다.

눈을 떠도 등롱은 움직이지 않았다.

"누구세요?"

오린은 작게 물었다. 들리지 않게 물었다. 대답이 있으면 어떡하나 하고, 말해 버리고 나서 생각했다.

등롱은 움직이지 않는다. 오린은 달리기 시작했다.

정면으로 바람을 맞으며 이를 꽉 다물고. 턱이 아파질 정도로 악물고.

멈추어서 돌아보았다. 바로 가까운 곳에 큰 나무통이 떨어져 있다. 고양이 한 마리가 몸을 웅크리고 있다. 오린을 보고 작게 울었다.

등롱은 똑같은 거리를 두고 똑같은 높이에 아직도 어슴푸레하게 떠 있었다. 그 노란 빛의 고리 안에, 그것을 들고 있어야 할 사람의 모습이 보이지 않는다. 등롱은 오린을 따라오고 있는데 오린을 따라오고 있는 사람은 없다.

배웅하는 등롱이다. 갑자기 그것을 깨달았다.

밤길을 혼자 걷노라면 다가오지도 않고 멀어지지도 않는 등롱이 둥둥 떠서 뒤를 따라온다. 혼조의 일곱 가지 불가사의 중 하나로, 이야기는 들은 적이 있었다. 이상한 일이라고, 나리가 하는 이야기를 들은 적이 있다. 나리처럼 분별 있는 분이 하는 이야기에는 역시 거짓이 없었다.

등롱은 노랗게 빛나고 있다. 묘하게 따뜻한 그 빛은 등롱이라기보다는 뭔가 생물의 눈빛과 비슷했다.

오노야가 가까워진다. 그런데도 안심이 되기는 커녕, 오린의 가슴은 괴로울 정도로 두근거렸다. 배웅하는 등롱의 정체는 여우라느니 너구리라느니, 아무에게도 알려지지 않은 요괴라느니 하는 이야기가 있다. 따라온 녀석을 돌려보내려면 제대로 인사를 해야 한다. 짚신 한 짝과 주먹밥 하나를 던져야 한다. 인사를 하지 않으면 화가 난 등롱은──등롱의 주인은 따라온 인간을 잡아먹고 만다. 그 이야기를 오린은 정확하게 알고 있었다.

그래서 눈물이 났다. 어찌 할 수도 없이 눈물이 났다. 짚신 한 짝을 던져 버리면 내일부터 신을 것이 없다. 이 시간에 주먹밥을 어떻게 만든단 말인가. 오린은 잡아먹히고 말 것이다.

오린은 뒷문의 널문 앞에 서서 울었다. 유괴범은 만나지 않았지만 오린은 이제 죽게 되었다.

"왜 그러니, 오린."

세이스케가 널문에 손을 짚고 얼굴을 내밀었다. 매우 하얀 얼굴이라 눈동자만 시커멓게 보였다.

오린은 울면서 뒤를 가리켰다.

"배웅하는 등롱이——."

사라지고 없었다. 찬바람이 휘잉 불 뿐. 어디선가 벽에 붙인 널빤지가 삐걱삐걱 소리를 낼 뿐.

3

그날 밤부터 배웅하는 등롱은 매일 밤 따라왔다. 하룻밤도 거르지 않고 따라왔다.

사흘이 지나자 오린의 두려움도 옅어졌다. 정신을 차려 보니 배웅하는 등롱은 오린이 에코인으로 향할 때부터 따라오고 있었다.

오린은 어떻게든 등롱이 언제 나타나는지 보고 싶다고 생각했다. 장난으로 사람을 놀라게 할 때처럼, 걷다가 갑자기 돌아본다. 등롱은 없다. 불안해져서 잠시 걷는다. 그러다 돌아보면 노란 불빛이 흐릿하게 어둠 속에 떠 있다. 늘 그런 식이었다.

그 사실은 세이스케에게만 이야기했다. 그는 새파래졌다. 오린, 그건 마물에게 홀린 거야. 그렇게 말했다.

"너구리나 여우의 짓일 게다, 분명히. 여우라면 그나마 괜찮지만 너구리는 안 돼."

"어째서요?"

"여우는 사람을 홀릴 때 사람의 손을 끌며 자신이 앞에 서서 걷는다. 그러니 위험한 곳에는 데려가지 않지. 하지만 너구리는 바보라서, 홀릴 사람의 뒤로 돌아가 등을 밀며 가거든. 어디로 끌려갈지 알 수 없어."

"그럼 너구리에게 홀린 건지 여우에게 홀린 건지는 어떻게 구분하면 되지요?"

세이스케는 대답하지 않고, 그저 정말로 슬퍼 보이는 얼굴을 할 뿐이었다.

오린은 매일 밤마다 에코인에서 돌아오면 몰래 아가씨 방을 찾아간다. 주워 온 자갈을, 아가씨는 곧 받아 든다. 몸은 침상에 들어가 있어도 눈은 반짝 뜬 채 깨어 있었다. 자갈을 받아 드는 아가씨의 손은 손난로처럼 따뜻하다. 하지만 그 손은 자갈을 감쌀지언정 오린의 손을 잡아 주지는 않는다.

아가씨는 낮이면 평소와 다름없이 교양 수업을 하러 나간다. 오린은 보따리를 안고 따라간다. 글씨를 가르치는 선생님의 목소리나 거문고 소리를 베개 삼아, 오린은 가끔 꾸벅꾸벅 졸았다. 그래도 친구와 속삭임을 나누는 아가씨의 봄 여울 같은 목소리가 귀에 들어올 때는 있었다.

매일매일 그 목소리는 밝아져 간다. 그것이 기원이 효과가 있기 때문인지 어떤지, 오린은 알지 못한다. 다만 얼핏 들은 이야기로는 아가씨가 연모하는 상대가 지난달 연일緣日[특정 신이나 부처와 인연이 있는 날. 그날 참배하면 특별한 공덕이 있다고 한다] 때 알게 된 분으로, 지금까지 연모해 온 상대들처럼 아가씨가 만나고 싶을 때 마음껏 만날 수 있는 사람이 아니라는 것만은 알 수 있었다.

가게 점원일까. 아니면 극장의 배우일까.

딱 한 번, 글씨 공부를 마치고 돌아가는 길에 그 사람으로 보이는 남자를 본 적이 있다. 늘씬하고 긴 그림자가 아가씨와 걷던 길가에 서 있었는데 그것을 알아챈 아가씨는 오린을 먼저 돌려보냈다.

오린은 꺼림칙했지만 조금 가다가 되돌아와 두 사람이 함께 있는 모습을 얼핏 보았다. 아가씨의 손이 상대방의 팔꿈치에 올려져 있는 것이 보였다. 두 개의 그림자는 당장이라도 바싹 달라붙을 것 같았다.

그때의 아가씨의 하얀 손은 오린의 눈에 또렷하게 새겨졌다. 햇볕이 닿지 않는 곳에서 가만히 똬리를 틀고 있는 뱀의 배처럼 하얗다. 상대 남자의 팔을 나긋나긋하게 얽어매듯이 붙잡고 있었다.

남자는 희미하게 웃음을 띠고 바싹 다가드는 아가씨를 내려다보고 있었다. 상인 같은 옷차림이지만 작게 잡아 묶은 머리카락은 깔끔하게 다듬어져 있어, 곁에 다가가면 틀림없이 기름 향기가 나리라. 만에 하나라도 세이스케처럼 먼지나 땀이나 담배 냄새를 풍기지는 않으리라. 손도 손톱도, 아가씨와 똑같을 정도로 깔끔하리라.

아가씨가 뭐라고 말하고 남자가 대답하더니 두 사람은 웃었다. 아가씨의 턱이 움직이고 남자의 이가 엿보였다. 새하얀데다 냉혹할 정도로 매끄러운 이였다.

참을 수 없이 불쾌한 광경이었다. 남자가 어디 사는 누구인지 모르겠지만 알아도 좋아할 수는 없을 거라고 오린은 생각했다. 아가씨가 저 남자를 어떻게 할 수도 없을 만치 좋아하는 이유를, 아무래도 알 수가 없었다. 둘이서 무엇 때문에 웃고 있든 두 사람 이외의 사람의 귀에도 즐거운 화제는 아닐 것 같았다.

세이스케는 그 남자와 아가씨에 대해서 오린보다도 잘 알고 있는 모양이었다.

"아가씨는 잘못하고 계시는 것 같아요."

오린은 한번 그렇게 말해 본 적이 있다. 에코인에서 돌아왔을 때였는데, 세이스케는 오린을 위해 작은 화롯불을 남겨 두었다.

"그런, 어디서 굴러먹던 사람인지도 모를 남자가 어째서 좋은 걸까. 저는 세이스케 씨가 훨씬 더 아가씨와 어울린다고 생각하는데."

세이스케는 잠자코 있었다. 백비탕을 따라 오린에게 내민다. 그 동작은 오린의 눈에서 표정을 숨기기 위한 것처럼 보였다. 세이스케는 어울린다는 말을 들어 기뻐하고 있는지도 모른다. 그렇게 생각하니 오린은 조금 분한 기분이 들었다.

세이스케는 오린이 무슨 말을 해도 내내 그런 식이었다. 그가 하는 일은 매일 밤 오린을 배웅하고, 돌아올 때까지 깨어 있다가 무사한지 확인해 주는 것뿐이다.

기원을 시작한 지 보름이나 지난 어느 날 밤, 아가씨도 일어나서 오린을 배웅해 준 적이 있었다. 그때 아가씨는 세이스케와 딱 마주쳤다. 세이스케는 당황하며 머리를 숙였다.

"어머, 세이 씨였어요?"

아가씨는 그렇게만 말했다. 아가씨의 잠옷 차림에, 세이스케는 시선을 피하며 다른 쪽을 보고 있다. 아가씨는 그런 세이스케를 평탄한 얼굴로 물끄러미 바라보았다.

"당신도 내 기원을 도와주고 있었군요. 정말 상냥하네요."

아가씨는 세이스케에게 몸을 기울이며 말했다. 오린이 본 그때 그 상대에게 그랬던 것처럼. 그러고는 목소리를 죽여 웃었다. 웃으면서 침소로 들어가 버렸다. 뒤에 남은 세이스케는 뜬숯처럼 식어 버린 커다란 손을 팔짱 낀 채 우두커니 서 있었다.

오린은 세이스케를 홀리고 있는 것은 여우일까 너구리일까 하고 생각했다.

"세이스케 씨." 오린은 물었다.

"아가씨를 좋아하세요?"

커다랗고 둥근 머리가 끄덕였다.

"어째서 좋아하세요? 세이스케 씨에게 조금도 상냥하게 대해 주지 않는 아가씨를, 어째서 그렇게 좋아하세요?"

대답은 없다. 넓은 등을 웅크렸을 뿐이다. 세이스케가 이쪽을 보았다. 오린은 스스로도 알지 못하는 사이에 작게 주먹을 쥐었다.

"오린 너는 착한 아이구나."

세이스케는 그렇게 말하며 웃어 보였다.

"오린, 배웅하는 등롱은 오린 너를 좋아하는지도 몰라. 너를 많이 좋아하는 누군가인지도 모르지."

그날 밤에도 따라온 배웅하는 등롱에게 오린은 작게 물어보았다.

"당신은 여우? 아니면 너구리?"

등롱은 흐릿하게 빛나고 있다. 오린이 걷는다. 등롱이 따라온다. 오린과 등롱은 항상 비슷한 거리만큼 떨어져 있지만, 요즘에는 밤의 어둠 속에 손을 내밀면 따라오는 등롱의 따뜻함이 느껴질 것만 같을 때가 있었다. 그 따뜻함은 세이스케의 따뜻함과 비슷했다. 무서움은 느끼지 않게 되었다.

그렇게 며칠 밤이 지나는 동안, 오린은 겨우 그런 생각이 들었다.

―혹시 저것은 세이스케 씨가 아닐까.

여우니 너구리니 하는 말을 해 놓고, 세이스케 본인이 오린이 무사할 수 있도록 가만히 뒤를 따라와 주는 게 아닐까. 그렇게 생각하면 오린의 마음속에도 등롱이 켜지는 듯했다.

4

기원을 시작한 지 한 달이 지난 날 밤의 일이다.

오린이 에코인에서 돌아와 보니 오노야 사람들이 깨어 있었다. 가게 전체가 깨어 있었다. 여기저기에 불이 켜져 있고 사람들이 많이 모여 있다. 덧문이 떼어져 길에 떨어져 있다.

누군가가 두들겨 깨운 것이다. 무슨 일이 있었던 것이다.

오린은 뒷문으로 달려갔다. 등 뒤에서 누군가의 손이 오린을 갑자기 잡아 세웠다.

"오린? 오린이지?"

올려다보니 이 부근을 담당하고 있는 오캇피키, 에코인의 모시치 대장 얼굴이 보인다. 대장은 몸을 굽혀 오린과 눈높이를 맞추더니 오린의 몸을 안다시피 하며 물었다. 대장에게서는 짠내가 났다.

"너 어디에 가 있었니? 어디에 있었지? 안에 있지 않아 다행이었지만, 그렇다 해도 어디에 가 있었단 말이냐?"

오린은 목이 바싹 타는 기분이 들었다. 눈앞에서 널문에 실린 누군가가 운반되어 나간다. 위에 덮여 있는 것은 거적이 아니라 누군가의 옷 같다. 죽지는 않은 것이다. 부서진 문틈 사이로 부채 모양의 빛이 새어나와, 봉당에 점점이 검은 얼룩이 흩어져 있는 모습이 보인다. 물병이 나뒹굴고 있다. 선명한 색깔의 허리띠 하나가 귀틀에서 봉당으로, 죽은 여자의 머리카락처럼 길게 늘어져 있다.

"강도가 들었다."

오린의 시선을 더듬으며 모시치 대장은 말했다.

"많이 심했나요?"

가까스로 그렇게 물었다. 대장은 생각하고 나서 대답했다.

"나리나 안주인은 무사해. 위험할 뻔했던 것은 아가씨지만, 세이스케 행수가 구해주어서 다치지는 않고 끝난 모양이다."

"세이스케 씨가 다쳤나요?"

오린의 물음에 대장은 고개를 끄덕였다.

"걱정할 것은 없어. 괜찮다, 살 수 있을 거야. 틀림없이 살 수 있을 거다."

모시치 대장은 오린을 밤공기가 닿지 않는 곳까지 데려가 차근차근 이야기를 했다.

오노야에 침입한 놈들은 요즘 온 도시를 떠들썩하게 하고 있는 밤도둑 일당으로, 관리들도 골치 아파하는 놈들이었다. 수법은 언제나 똑같은데, 침입하기 전에 사냥감으로 점찍은 가게 안에 친한 사람을 만들어 두고 그의 입을 통해 밑조사를 해 둔다. 그래서 막상 침입하면 들불처럼 잔혹하게 남기는 물건도 하나 없이 가져가 버린다.

"아가씨." 오린은 저도 모르게 중얼거렸다.

"혹시, 아가씨가——아가씨의 기원 상대가——."

모시치 대장은 짙은 눈썹을 찌푸렸다.

"기원이라는 건 무슨 얘기냐?"

오린은 이야기했다. 남김없이 이야기했다. 모시치 대장은 천천히 고개를 끄덕였다.

"그래? 그렇구나. 아가씨가 연모하는 상대가 강도 일당의 동료였던 거야. 아가씨는 오늘 밤 밀회를 할 생각이었겠지. 하지만 상대 남자는 처음부터 다른 속셈으로 오노야에 왔다."

불빛이 새어나오는 곳에서 울음소리가 들린다. 오린은 모시치 대장의 그늘에 숨었다. 그러고 나서 살며시 자신이 걸어온 방향을 쳐다보았다.

오늘따라 등롱은 따라오지 않았다.

물끄러미 바라보는 오린을 알아차리고 모시치 대장도 그쪽으로 시선을 돌렸다.

"왜 그러니? 뭔가 있기라도 한 게냐?"

오린은 잠자코 있었다.

오린의 에코인 참배는 강도가 든 날 밤으로 끝났다. 얼마 후, 상처가 완전히 낫기도 전에 세이스케는 오노야에서 나가게 되었다.

아가씨가 바란 일이라고 가게 사람들이 수군거렸다. 아가씨는 세이스케가 바라보는 것을, 그가 곁에 있는 것을 참을 수 없다고 말했다고 한다.

"나는 그 사람 덕분에 살았지만 그 사람이 앞으로 계속 날 구한 것을 기억하고 그것을 내게 생각하게 하려는 것 같은 눈을 하고 있는 것을 참을 수가 없어. 날 구한 일을 뻐기지도 않으면서 그걸 잊지 않고 있으리라는 게 소름끼친단 말이야."

아가씨는 세이스케 씨를 좋아하지 않는다. 오린은 생각했다. 아무래도 좋아지지가 않는 것이다.

세이스케는 가게 사람들과는 얼굴도 마주치지 않은 채 오노야를 떠났다. 나리의 먼 친척으로, 똑같은 담배 장사를 하는 가게에서 일하게 된단다. 그곳에는 후계자가 없기 때문에 장래에는 그 집 사위로 들어가게 될 것이다. 세이스케는 그 제안을 거절하지 않았다.

세이스케 씨는 아가씨를 좋아하는데 다른 여자의 남편이 되고 만다.

오린은 그날 밤, 다시 한번 에코인을 향해 걸었다. 오늘 밤에 배웅하는 등롱이 따라온다면 그게 누구인지, 어떻게 해서라도 확인해 보고 싶다고 생각했다.

바람은 오린을 얼어붙게 할 만큼 차가웠고, 발소리는 철로 만들어진 물건을 두드리듯 날카로운 소리가 되었다.

한동안 걷다가 돌아본다. 오린을 따라오는 것은 흐릿한 달뿐이었다. 긴장된 밤공기 너머로도 불빛은 보이지 않았다.

―오린을 좋아하는 누군가. 많이 좋아하는 누군가.

오린은 그저 어둠을 바라보며 서 있었다.

세 번째 불가사의

두고가 해자

혼조에 있었는 어느 해자에서 낚시를 하면 아주 많은 물고기를 낚을 수 있지만, 바구니를 다 채우고 돌아가려고 하면 해자의 밑바닥 쪽에서 두고가…… 두고가…… 하고 부르는 소리가 들려온다. 깜짝 놀라 다리가 얼어붙어 버리는 탓에 도망치려고 해도 넘어지고 구르듯 헐레벌떡 겨우 도망쳐 문득 정신이 들면 물고기를 넣은 바구니 안이 텅 비어 있었다.

"아무래도 그건 간기 도령이 한 짓인 것 같네."

떠들썩한 가운데 한층 더 큰 목소리가 귀를 찔러, 오시즈는 돌아보았다.

료고쿠 다리 동쪽 끝에 있는 보리밥집의 점심시간이다. 숨만 쉬고 있어도 땀이 배어나오는 날씨에 〈무기토로마즙을 뿌린 보리밥〉라는 무뚝뚝한 간판이 손님을 부른다. 음식을 나르는 오시즈에게도 하루 중에서 가장 어수선한 한때다.

목소리의 주인은 혼조 후카가와 일대를 담당하고 있는 오캇피키 대장, 에코인의 모시치였다.

"더울 때는 무기토로가 제일이지. 이것만 뱃속에 넣어 두면 더위를 먹는 일은 없어."

그렇게 말하며 늘 먹으러 오곤 한다. 대개는 혼자서 훌쩍 오지만 오늘은 눈이 번쩍 뜨일 것 같은 아름다운 여자와 함께였다.

나이는 서른 정도일까. 피부가 희고 뺨은 통통하니 매끄러워, 입술에 바른 연지와 선명한 대비를 이룬다.

"어라, 후지하루잖아."

그 여자를 곁눈질하며 속삭이는 손님을 알아차리고 오시즈는 납득했다.

—도키와즈이야기에 노래의 요소를 가미한 곡풍 선생님인가…….

세련된 것도 당연하다.

오시즈는 문득 후지하루보다는 나이도 훨씬 젊은데 거칠어진 손과 윤기 없는 머리카락에 앞치마까지 걸치고 있는 자신이 가련해졌다.

애초에 자신과, 후지하루처럼 기예로 먹고사는 여자와는 비교 자체가 이상하다는 것쯤은 알고 있다. 그런 생각을 하는 까닭은 오로지 쇼타를 잃은 쓸쓸함 때문이다.

쇼타가 있었을 때는 자신이 에도에서 가장 행복한 여자라고 생각했다. 요시와라에도 막부가 공허(公許)했던 유곽지의 다유大夫가장 지위가 높은 유녀를 칭하는 말에게도 지지 않을 만큼 반짝반짝 빛나고 아름답다고 생각했다.

쇼타만 곁에 있어 준다면.

그 생각을 하자 새삼스럽게 불안이 쌓여 간다. 차라리 쇼타의 뒤를 쫓아가 버릴까 하는 마음이 차가운 물처럼 몸에 스며든다.

"간기 도령은 수달이 둔갑한 거라고 하지 않습니까?"

바로 옆에서 가게 주인의 목소리가 나서 오시즈는 제정신으로 돌아왔다.

"그렇지. 수달이니 너구리니 여러 가지 이야기가 있지만 확실하게는 알 수 없는 모양이야."

모시치 대장은 보리밥을 허겁지겁 먹으면서 대답했다.

간장으로 푹 조린 듯한 안색에 걸걸한 목소리. 슬슬 손자도 생길 만한 나이지만 이야기에 열중해 있는 모습은 어린아이처럼 철이 없어 보인다.

모시치뿐만이 아니다. 그 자리에 있던 손님들도 젓가락을 멈추고 밥그릇을 손에 든 채 끈이 풀린 것처럼 편안한 얼굴로 이야기에 귀를 기울이거나 끼어들고 있다.

"그건 그렇고 대장님은 정말로 그런 걸 믿으십니까?"

끝 쪽에 있던 젊은 직인이 놀라자 모시치는 응 하고 대답했다.

"믿고말고. 그 소문은 진짜야. 내가 아는 사람 중에도 물고기를 전부 빼앗기고 목숨만 겨우 건져 도망쳐 온 태공망이 있을 정도일세."

오시즈는 문득 미소를 지었다.

'두고 가 해자' 이야기다. 저 젊은이의 말처럼 대장님답지 않은 일이다.

그리고 생각했다. 이런 느긋한 소문 이야기를 꺼내어 조금이라도 내 기운을 북돋워 주려는 것이리라. 사흘이 멀다 하고 이 가게에 찾아오는 까닭도, 입으로는 여러 가지 핑계를 대고 있지만 나를 배려해서 그러는 것이리라.

고마운 일이지만 마음에 뻥 뚫리고 만 구멍은 이제 메울 수 없다.

"두고 가 해자라. 밑도 끝도 없는 괴담이거나 고작해야 너구리가 나쁜 짓이라도 하는 줄 알았는데."

주인은 고개를 갸웃거리고 있다.

두고 가 해자란 혼조의 일곱 가지 불가사의 중 하나로, 오시즈도 들은 적이 있고 그림을 본 적도 있다.

해질녘도 지났을 무렵 고기가 많이 잡혀 기분이 좋아진 낚시꾼이 혼조의 긴시 해자 근처를 지나는데 어디에선가 목소리가 들려온다.

"두고 가……. 두고 가……."

헛들은 거겠지, 하며 지나가도 목소리는 계속 쫓아온다. 아무래도 기분이 나빠져서 잔걸음으로 집으로 돌아갔는데, 문득 보니 어망은 텅 비어 있었다――는 이야기다.

언젠가 쇼타는 이렇게 말하며 웃었다.

"실력은 없고 입만 산 낚시꾼이 어망에 아무것도 들어 있지 않은 것을 변명하려고 머리를 쥐어짜 생각해 낸 이야기겠지."

"그러는 당신은 안 무서워요?"

"생선 가게 주인이 물고기를 놓고 가라는 말에 '예, 그렇습니까?' 하고 놓고 올 수야 있나. 무엇보다 일곱 가지 불가사의라는 것은 재미로 만들어 낸 이야기잖아."

배짱이 좋은 사람이었으니까……. 떠올리고 나니 오시즈는 가슴 깊은 곳이 아팠다.

"간기 도령은 대체 어떻게 생겼답니까?"

뒤쪽에 있던 다른 손님이 묻자 모시치 대장은 그쪽을 돌아보며 대답했다. 침을 튀기지 않을까 싶을 만큼 열띤 말투다.

"아주 무시무시하다고 하더군. 몸집은 도령이라고 할 정도이니 작지만, 손에도 발에도 물고기 지느러미 같은 물갈퀴가 달려 있고 손톱이 뾰족하고, 머리는 간장 통만 한데 거기에 갓난아기 머리만 한 눈을 부릅뜨고, 수레바퀴를 절반으로 자른 것 같은 커다란 입에 비수 같은 기다란 이빨이 빽빽하게 돋아 있네. 잉어든 무엇이든 머리부터 덥석, 뼈까지 남기지 않고 먹어 버리지. 그리고 말일세――"

대장은 뜸을 들이며 목소리를 낮추었다.

"만일 간기 도령을 만나면 갖고 있는 물고기 중에서 제일 큰 녀석을 던져 주고, 녀석이 그것을 먹고 있는 사이에 도망치지 않으면 잡아먹히고 만다더군."

손님들은 웃으며 떠들었다. 후지하루도 슬며시 미소를 짓는다.

"두고 가 해자에 나오는 것이 그 간기 도령이라는 것은 확실합니까?"

"그렇고말고. 우리 젊은 놈이 발자국을 봤거든."

이번에는 어지간한 손님들도 술렁거렸다.

"어떤 발자국이었는데요?"

"엄청나게 커다란 개구리 같았다고 하네. 그 녀석이 그렇게 담이 작은 사내는 아니지만 반쯤 다리가 풀려서 기다시피 돌아왔어."

"발자국은 어디로 향하고 있었습니까?"

주인이 몸을 내민다. 대장은 손가락을 세워 방향을 가리켰다.

"놀랍게도 산노 다리 쪽까지 이어져 있었다고 하네. 내가 달려갔을 때는 이미 사라지고 없었지만. 아까운 일이었지."

오시즈는 처음으로 흠칫했다.

오시즈는 산노 다리 근처에 살고 있다. 엔초 5번가, 다테카와 강 옆에 있는 열 간짜리 공동 주택이다.

오싹함을 느낀 것은 오시즈뿐만이 아니었던 모양이다. 손님들도 묘하게 조용해지고 말았다.

그것을 웃어넘기듯이 한층 높은 목소리가 울렸다. 방금 전에 가게로 들어온 건달 같은 남자인데 뺨에 큰 상처가 있다. 얼굴은 유순하지만 약삭빨라 보인다.

"뭐야, 간기 도령이라면 우리 고향에서는 그렇게 말하지 않아.

생김새는 좀 무섭지만 물고기를 먹을 뿐 나쁜 짓은 하지 않지."

"그럼 정체는 뭔가?"

남자는 흥 하고 코웃음을 쳤다.

"뭐라더라, 물에 빠져 죽은 어부나 생선 가게 주인이 환생했다던데."

지금까지와는 다른 고요함이 가게 안에 피어올랐다.

이 보리밥집에 출입하는 손님들의 대부분은 오시즈의 신상에 대해 잘 알고 있다. 오시즈의 죽은 남편 쇼타가 생선 가게 주인이었던 사실도, 물에 빠져 죽은 일도.

"이보게, 되는 대로 지껄이지 말게."

옆에 있던 손님이 나무라자 건달 같은 남자는 턱을 내밀었다.

"뭐가 되는 대로 지껄인단 말이야? 우리 고향에서는 분명히 그렇게들 말해. 물고기로 생계를 유지하던 사람이 횡사해서 성불하지 못하면 간기 도령이 돼서 나온다고."

옆자리 남자도 싸움을 벌일 기세로 벌써 반쯤 일어서 있다. 모시치 대장이 끼어들었다.

"자, 다 큰 어른들이 그런 일로 얼굴 붉히지 말게. 이런 이야기를 꺼낸 내가 잘못했네. 간기 도령은 역시 수달이 둔갑한 것일 테지. 그게 틀림없어."

잠시 후 가게를 나갈 때 대장은 오시즈를 바라보며 가볍게 눈썹을 움직였다.

—일이 묘하게 되어 미안하네.

얼굴이 그렇게 말하고 있다. 오시즈는 말없이 머리를 숙였다. 대장의 뒤를 따르던 후지하루도 알아차린 듯이 오시즈에게 목례했다.

그리고 한순간, 몹시 절박한 눈으로 오시즈를 바라보았다. 오시즈가 흠칫하며 몸을 뒤로 물릴 만큼 강한 눈빛이다. 그러나 결국 한마디도 하지 않았다.

―참으로 조용한 사람이구나……. 그런데 왜 저렇게 나를 보는 걸까?

도키와즈를 가르칠 정도의 사람이다. 필경 곱고 좋은 목소리일 테고 성격도 활달하리라. 만일 오시즈에게 뭔가 하고 싶은 말이 있었다면 잠자코 있지는 않았을 것이다.

조금 마음에 걸려서 슬쩍 후지하루 이야기를 꺼내 보니 보리밥집 주인이 의외의 말을 했다.

"가엾게 되었지. 아주 좋은 목소리였는데."

"좋은 목소리였다……."

"그래. 목에 나쁜 종기가 생겼다던가 해서 목소리가 쉬고 말았다고 하네. 울지 못하는 두견새가 되었으니 가엾지."

"오랫동안 그런 상태인가요?"

"심해진 것은 한 달쯤 전부터인가 보던데. 이웃 사람들이 후지하루가 헉헉거리며 괴로워하는 모습을 발견하고 널문에 실어 의원에게 데려갔다고 하네."

오시즈의 마음에 후지하루의 절박한 눈빛이 떠올랐다.

아름다운 사람에게도 불행은 덮쳐온다.

덧없는 이 세상은 정말로 사람 뜻대로 되지 않는다. 살아 있어 봐야 좋은 일이라고는 하나도 없다. 그렇게 생각하고는 설거지하던 손도 멈춘 채 멍하니 서 있고 마는 오시즈였다.

2

 오시즈는 올해 스물네 살이 된다. 겨우 한 살이 된 우오타로를 안고, 낮에는 보리밥집에서 일하고 밤에는 집에서 열심히 바느질을 한다. 모자 둘이서 그런 생활을 시작한 지 한 달이 지났다.
 죽은 남편 쇼타와는 서로 사랑하여 혼인을 했다. 사람들의 부러움을 사는 사이좋은 부부로, 둘이서 부지런히 일해 돈을 모아서 장래에는 큰길에 가게를 내자는 꿈도 갖고 있었다. 그런 쇼타는 너무나도 싱겁고 어처구니없게 목숨을 잃고 말았다.
 한 달 전, 겨우 장마도 끝나고 기분이 상쾌해지는 계절이 왔을 때 쇼타는 누구인지도 알 수 없는 사람의 손에 걸려 살해되고 말았던 것이다.
 쇼타의 유해는 오카와 강 끝에 있는 햣폰구이_{강가 가까운 물속에 여러 개의 말뚝을 박은 것. 낚시꾼들이 많이 모여들었다}에 떠올랐다. 평소와 똑같이 어시장에 나갔고, 그 후 장사를 하는 모습은 많은 사람들이 보았다. 그런데 저녁 때부터 갑자기 모습이 사라지더니 정해진 시간에도 돌아오지 않아 어떻게 된 일인가 걱정하고 있던 오시즈의 귀에, 죽음의 소식은 너무나도 가혹했다.
 익사가 아니다. 쇼타의 목에는 목을 조른 자국이 또렷하게 남아 있었다.

에코인의 모시치 대장은 그저 울기만 하는 오시즈를 격려하면서 범인을 알아내기 위해 최선을 다해 주었다.

그래도 무엇 하나 알아낼 수 없었다. 쇼타가 남에게 살해당해야 할 이유는 어디를 찔러 봐도 발견되지 않았다.

―포기하면 안 돼. 남편을 공양하면서 참고 기다려 주게.

대장은 그렇게 말하고는 우선 오시즈와 우오타로가 앞으로 먹고 살 수 있도록 일자리를 소개해 주었다. 그것이 보리밥집이다.

우오타로는 아직 어리기 때문에, 오시즈는 쉴 새 없이 일하면서 이 아이를 훌륭하게 키워야 한다. 그렇게 생각했다. 그러지 않으면 쇼타에게 면목이 없다.

그래도 쿨쿨 자고 있는 우오타로를 바라보면서 사방등을 가까이 끌어다 놓고 바느질을 하고 있을 때, 우오타로의 태평하게 웃는 얼굴에 문득 쇼타의 밝은 얼굴이 겹쳐 보일 때, 오시즈는 견딜 수 없이 외로워진다.

오시즈는 본래 다부진 여자가 아니다. 쇼타가 사랑해 준 것도 오시즈의 그런 미덥지 못한 면, 혼자 내버려두면 사라져 버릴 듯한 가냘픔이었다.

―아무것도 걱정하지 마. 내가 곁에 있을 테니까.

입버릇처럼 그렇게 말하곤 했다. 오시즈는 그런 그에게 기대어 폭 감싸인 채 가난하지만 마음 편하게 살아왔다.

―여보, 나 혼자서는 도저히 살아갈 수 없어요. 우오타로도 가엾고…….

오시즈는 지금도 얇은 이불에 얼굴을 묻고 울 때가 있다. 쇼타를 생각하며 밥도 넘어가지 않는 것은 자주 있는 일이다.
"그래서 어쩌려는 거야. 정신 바짝 차려야지."
낮에 오시즈가 보리밥집에서 일하는 동안 우오타로를 봐 주는 이웃집의 오토요라는 아주머니는 자주 그렇게 말하며 야단을 친다. 요즘은 갑자기 그 말이 심해졌다.
"나는 남편이 없는 게 더 홀가분하고 좋을 정도인데."
저는 아니에요. 오시즈는 생각한다. 저는 쇼타 씨가 없으면 못 살아요.
지금까지 몇 번인가 따라 죽을 생각을 했다.
겨우 닷새쯤 전에도 우오타로 옆에 누워 있다가 눈물이 넘쳐흘러, 아무래도 스스로를 억누르지 못하고 더 살아 봐야 소용없다, 우오타로를 안고 오카와 강에 뛰어들어 저세상에서 다시 쇼타와 함께 살자고 생각한 적이 있었다.
아이를 팔에 안고 밖으로 나가 오랫동안 헤매 다녔다. 그렇다고 그렇게 멀리 갈 수 있을 리도 없다. 누군가가 보고 수상히 여길까 봐 무섭고, 막상 어두운 밤에 밖으로 나가 보니 오카와 강에 가까이 가는 것조차 무서워지고 말았다.
공동 주택 주위를 빙글빙글 돌다가 아침 햇살이 동쪽 하늘에 비치기 시작할 무렵 울면서 집으로 돌아왔다. 우오타로는 계속 깊이 잠들어 있었다.
오늘 밤에도 오시즈는 잠들지 못하고 우오타로의 잠든 얼굴을 바라보고 있다.
낮에 들은 이야기는 정말일까.

두고 가 해자에 나온다는 간기 도령은 물고기로 생계를 잇던 사람의 환생……. 그런 일이 정말로 있는 것일까.

그래도 쇼타의 혼이 저세상으로 가지 못하고 오시즈나 우오타로와 가까운 곳에서 떠돌고 있을지도 모른다는 생각은, 오시즈도 한 적이 있었다.

편히 죽을 수 있을 리가 없다는 생각이 든다. 우오타로는 한창 귀여울 때다. 사내아이는 말이 늦되지만 요즘 가끔 '아빠', '엄마'라고 들리기도 하는 말을 더듬더듬 하게 되었다. 아직 걸음마는 못하지만 손을 잡아 주면 영차 하고 일어나고, "아이고, 일어섰네" 하고 칭찬해 주면 동그란 손을 마주치며 곧잘 웃는다.

오시즈는 뺨에 눈물 자국을 남긴 채 날이 밝아올 무렵에야 겨우 얕은 잠이 들었다.

한 시간도 지나지 않아 일어난다. 오시즈의 아침은 남들보다 훨씬 더 이르다. 우오타로가 기저귀를 떼기 전까지는 빨래의 양이 평소의 배는 되고, 아이가 잠들어 있을 때가 아니면 해치울 수 없는 일들도 있기 때문이다.

여닫이가 나쁜 문을 열고 어둑어둑한 하늘을 올려다보며 부은 눈꺼풀을 살며시 손끝으로 눌렀을 때——

오시즈의 눈에 무엇인가 들어왔다.

공동 주택의 하수구를 덮는 널빤지 옆, 언제나 땅바닥이 축축하게 젖어 있는 곳에 발자국이 나 있었다.

오시즈의 집 쪽을 향하고 있다.

커다란 발이다. 오시즈보다도 크다. 긴 발톱.

―물갈퀴다.

쪼그리고 앉아 자세히 보니 분명히 발가락 사이에 솔로 그린 것처럼 희미한 자국이 나 있다.

사람의 발이 아니다.

누군가가 말을 건 것처럼 오시즈는 벌떡 일어나 문 쪽에서 우물가까지 똑같은 발자국이 없는지 찾아보았다.

손을 대면 삐걱삐걱 소리가 나는 문 옆에서 또 하나를 발견했다.

이번에는 문에서 나가는 방향을 향하고 있다. 아까보다 조금 옅은 것 같다.

오시즈는 저도 모르게 문 위를 올려다보았다. 거기에는 공동 주택의 다른 사람들 이름에 섞여, 관리인이 '쇼타'라고 써 준 간단한 팻말이 아직도 걸려 있다.

문을 나가 조금 더 멀리까지 찾아보았지만 그 외에는 눈에 띄지 않았다.

어제 들은 간기 도령의 이야기가 싫어도 떠오른다.

이 발자국, 만일, 만일 이것이 환생한 쇼타의 것이고 그 사람이 나와 우오타로에게 돌아오려고 하는 거라면――.

오시즈는 머리를 흔들어 그 생각을 쫓아냈다.

그런 일이 있을 리가 없다. 이것은 아마 옆집 다쓰조 씨가 또 술에 취해 돌아와서 비틀거리며 다리를 질질 끌다가 생겼으리라. 취해서 집을 착각하고 오시즈의 집 문 앞에 발자국을 남긴 것이다.

오시즈는 빗자루를 가져다가 옅은 발자국을 두 개 다 지웠다. 잘못하다 아이들의 눈에 띄어 소동이 일어나서는 안 된다.

발자국은 땅바닥에서 사라지는 대신 오시즈의 마음에 남았다. 이것만은 지우려고 해도 지워지지 않는다.

그리고 다음 날도, 그다음 날도 발자국은 나타났다.

3

나흘째 밤, 오시즈는 결국 마음을 정했다.

긴시 해자로, 두고 가 해자로 가 보자. 이 눈으로 확인하자.

거기에 정말로 간기 도령이 있고 그것이——그것이 보리밥집에서 건달 같은 남자가 말한 대로 사람이 환생한 것인지 아닌지.

—그 사람이 환생한 모습인지 아닌지.

산노 다리에서 긴시 해자까지 여자 걸음으로는 삼십 분은 걸어야 한다. 게다가 밝을 때는 요괴도 나올 리 없으니 저녁때가 지난 후가 아니면 나가 봐야 소용이 없다.

무섭다.

쇼타가 있을 때는 연일緣日에 서는 장에도 갔다. 시원한 저녁 바람을 쐬며 강가를 걸은 적도 있다.

하지만 혼자가 되고 나서 그런 일을 하는 데에는 이층에서 뛰어내리는 것만큼이나 용기가 필요했다.

하물며 일곱 가지 불가사의로 유명해진 이후로 두고 가 해자에는 낚시꾼도 좀처럼 가까이 가지 않는다. 여자나 아이들은 더더욱 그렇다. 정말 '두고 가' 하는 무서운 목소리가 말을 거는지 아닌지는 젖혀 두고, 그곳이 후미진 곳이라는 사실은 모두들 알고 있기 때문이다.

　우오타로를 어떻게 할지 망설였다. 두고 가는 것도 불안하다. 오토요에게 맡기려면 어지간히 교묘한 변명을 생각해야 한다. 오토요에게는 상당히 날카로운 데가 있어서, 심약한 오시즈는 오토요가 캐물으면 쩔쩔매고 말 것이다.

　데리고 가자. 결국 그렇게 정했다. 가슴에 단단히 안고 가면 된다. 게다가 만일, 만일 그것이 쇼타의 환생이라면, 우오타로와 오시즈가 보고 싶어서 이곳으로 돌아오려고 한다면 해를 끼칠 리도 없다. 우오타로를 만나면 기뻐할지도 모른다.

　다행히 달밤이었다.

　아홉 시, 오시즈는 자고 있는 우오타로를 팔에 안고 한 손에 등롱을 든 채 공동 주택을 나섰다. 도중에 누군가가 보고 수상하게 여기면 아이가 갑자기 아파서 의원에게 데려가는 중이라고 말하자.

　다테카와 강을 따라 잔걸음으로 나아가 기타쓰지 다리를 건넌다. 등불도 꺼지고 오가는 사람도 없는 저자 사이를, 겁많은 쥐처럼 가능한 그늘에 숨어 가며 달린다. 밤길은 신비로운 것이라, 아무래도 누군가가 따라오는 것 같은 기분이 들어서 견딜 수가 없다.

　두고 가 해자는 그 이름대로 마을에서 버려진 것처럼 쓸쓸한 곳이다. 노인의 이처럼 드문드문 세워져 있는 말뚝에 젖은 갈댓잎이 흠뻑 얽혀 있다. 오시즈의 머리 위에서 흔들리는 버드나무 가지는 바람이 불 때마다 연기처럼 오른쪽으로, 왼쪽으로 나부끼며 희미하게 속삭인다. 그 소리는 오시즈의 귀에,

'시시시……. 시시시……'라고 들린다. 누군가가 추위에 떨고 있는 소리 같다.

오시즈는 해자를 향해, 버드나무 줄기에 몸을 기대다시피 하며 깊고 흐린 검은 물을 내려다보았다.

시시시……. 시시시…….

버드나무 잎이 흔들릴 뿐, 주위는 쥐 죽은 듯 조용하다.

얼마나 그러고 있었을까.

그저 조용할 뿐이다. 무서움과, 슬픔과, 무엇을 그리 망설이다가 이런 곳까지 나온 걸까 하는 생각에 새삼스럽게 자신과 우오타로가 가련해져서, 오시즈는 갑자기 울음을 터뜨렸다. 그러고는 왔던 길을 돌아가려고 발길을 돌렸다.

그때, 붙드는 것 같은 목소리가 났다.

"두고 가."

오시즈의 심장이 목구멍까지 펄쩍 뛰어올랐다.

걸음을 멈춘다.

"두고 가."

낮고 쉰, 그러면서도 한 정町 앞에서도 알아들을 수 있을 만큼 큰 목소리였다. 사람의 목소리가 아니다. 이런 사람의 목소리가 있을 리 없다.

오시즈는 우오타로를 안은 팔에 힘을 주며 돌아보았다.

"두고 가."

목소리가 다시 한번 부른다.

"당신?"

스스로를 격려하며, 오시즈는 가까스로 그렇게 말할 수 있었다. 자신의 목소리가 멀게 들렸다.

"당신이에요?"

오랫동안 대답이 없었다. 버드나무 잎이 바람에 운다.

"오시즈."

그 목소리가 말했다.

오시즈의 팔에 소름이 돋았다. 머리 꼭대기에서 차가운 것이 달려 내려간다.

"당신이에요?"

오시즈는 이제 어떻게 해도 떨림을 누를 수가 없어서 해자 끝으로 한 발짝 다가갔다. 등롱을 비춰 본다.

그러자 그 목소리가 한탄했다.

"비참하구나."

그리고 나서 물에 텀벙 뛰어드는 소리.

오시즈는 멍하니 걸음을 멈추었다가 오른쪽으로 몸을 돌려 도망쳤다. 그것은 내 이름을 불렀다. 그리고 정말로 괴로운 듯이, 비참하다고 말했다.

틀림없다. 저건 남편이다. 나와 우오타로를 만나고 싶은데 간기도령이라는 비참한 모습이 되어 버려서 만나러 오지도 못한다. 내게 모습을 보일 수조차 없다. 그것을 한탄하며 도망치고 말았다.

울면서 달려 공동 주택의 문이 보이는 데까지 와서야 걸음을 늦추었다. 우오타로도 잠에서 깨어 어머니의 얼굴을 이상하다는 듯이 올려다보고 있다.

"오시즈 씨."

부르는 소리에 오시즈는 펄쩍 뛰었다.

오토요가 서 있다.

4

"정말 그렇다면. 어떻게든 성불할 수 있도록 공양을 해야 해."

자초지종을 이야기하자 오토요는 힘껏 그렇게 단언했다.

아무래도 요즘 오시즈의 분위기가 이상한 것 같아 신경을 쓰고 있었다고 한다. 오늘 밤에도 몰래 나가는 오시즈를 중간까지 쫓아갔지만 결국 놓치고 말았다고 한다.

"어떻게 해 주면 될까요?"

아직도 흐르는 눈물을 닦으면서 중얼거리는 오시즈의 손을 잡고 오토요는 말했다.

"내일 밤에는 나도 같이 가 줄게. 좀더 제대로 쇼타 씨랑 이야기를 해 보자고. 그 사람한테 어떻게 해 주면 될지 가르쳐 달라고 하는 거야."

그래서 다음 날 밤에도 같은 시간에, 이번에는 오토요와 손을 맞잡고 오시즈는 두고 가 해자로 향했다. 우오타로는 오토요가 등에 업었다.

오시즈는, 오늘 밤에는 등롱 외에 소쿠리에 넣은 잉어 토막을 몇 개 들었다.

가난한 살림이라 좀처럼 먹을 수는 없었지만, 쇼타는 잉어 냉회를 좋아했다. 오늘 밤에도 한 마리를 통째로 가져가는 것은 도저히 무리지만 적어도 머리와 토막 몇 개는 먹게 해 주는 게 어떻겠느냐며, 오토요가 권해 주었다.

오시즈는 어젯밤과 똑같은 버드나무 줄기 옆에 서서 마음을 단단히 먹고 "여보, 제가 왔어요" 하고 불러 보았다.

"여보, 비참할 것 없어요. 당신이라면, 어떤 모습이 되었다 해도 저는 괜찮아요. 우오타로도 데려왔어요. 제발 얼굴을 보여 주세요. 적어도 목소리만이라도 들려주세요."

오토요가 눈짓으로 재촉해서, 오시즈는 소쿠리 안의 잉어를 해자를 향해 던졌다.

텀벙. 텀벙. 텀벙.

물의 고리가 생겼다가는 사라져 간다.

그때, 오토요가 오시즈의 소매를 잡아당겼다.

"쉿, 누가 왔어."

두 사람은 불을 불어 끄고 허둥지둥 갈대 덤불에 숨었다.

등롱 두 개가 흔들리면서 다가온다. 땅바닥을 쓰는 것 같은 그 발소리는 해자 가까이까지 와서 몇 번이나 망설이듯 멈추었다.

"그만 돌아가요." 여자의 목소리.

"아니, 그럴 수는 없어. 어쨌거나 정체를 확인해야지." 남자의 목소리.

오시즈는 천천히 얼굴을 들었다.

—가와고에야의 주인 부부다…….

쇼타가 출입하던, 기쿠가와초에 있는 잡화 도매점의 주인 부부다. 아내 오미쓰라는 사람이 상당히 까다로운 사람이라, 쇼타가 가끔 불평할 때가 있었다.

—아무래도 그런 여자는 싫단 말이야. 그런 여자가 물끄러미 잠자코 바라보면 뱀이 노려보고 있는 것 같다고.

남편 기치베에는 지극히 소심한 사람이라 오미쓰에게 꾸중을 듣곤 한다는 소문도 들었다.

그 부부가 방금 전까지의 오시즈와 오토요처럼 서로에게 매달리다시피 하며 해자 가장자리에 서 있다.

그때 그 목소리가 들려왔다.

"가와고에야."

오토요가 몸을 움츠린다. 오시즈는 흠칫하며 가슴에 손을 댔다.

오미쓰는 등롱을 떨어뜨렸다. 불꽃이 타오른다. 갑자기 밝아진 해자 가장자리에서 부부의 얼굴만이 창백하다.

"가와고에야."

다시 한 번 부르는 소리에 기치베에가 엉거주춤하면서도 겨우 목소리를 냈다.

"그래, 우리다."

오미쓰는 기치베에의 등에 숨으려고 하고 기치베에는 오미쓰를 앞으로 밀어내려고 한다.

"두고 가." 목소리가 말을 이었다.

"무엇을 두고 가란 말이냐?"

떨고 있는 기치베에에게 목소리는 즉시 대답했다.

"오미쓰."

오미쓰는 비명을 질렀다. 기치베에가 도망치려던 그 목덜미를 붙잡아 도로 끌어당긴다.

"이 사람을 두고 가면 용서해 줄 텐가?"

"웃기지 말아요, 내가 아니야, 당신을 죽이게 한 건 내가 아니라고요!"

오미쓰가 소리친다. 오시즈와 오토요는 갈댓잎 그늘에서 얼굴을 마주 보았다.

"죽이게 했다?" 오토요가 중얼거린다.

오미쓰는 미친 듯이 손을 휘두르면서 계속 소리쳤다.

"당신을 죽인 건 내가 아니야. 이 남자지. 혹시 당신이, 내가 후지하루에게 독을 먹이는 것을 보았을지도 모른다고 했더니, 담이 작은 이 사람은 당신이 파수막에 신고하는 게 아니냐며 마음을 졸이다가……."

오시즈는 눈을 부릅떴다. 후지하루. 모시치 대장과 보리밥집에 왔던, 목에 병이 생겨 한 마디도 이야기를 하지 않았던 도키와즈 선생님이다.

"……밤에도 두 다리 쭉 뻗고 잘 수 없어서, 그래서 근처의 못된 불량배들에게 돈을 쥐어 주고 당신을 죽이게 한 거야. 나는 모르는 일이야. 전부 이 사람이 한 짓이라고!"

오토요가 오시즈의 소매를 잡아당겼다.

"가요. 모시치 대장님께 알려야 해."

오시즈와 오토요가 일어서려고 했을 때, 실랑이를 벌이고 있던 가와고에야의 부부도 제각기 서로를 밀쳐내다시피 하며 달아났다. 오시즈와 오토요는 그들을 지나쳐 보내고, 다른 방향으로 달려갔다.

그 뒤쪽으로, 두고 가 해자 쪽에서 무언가를 씹어 부수는 오독오독 하는 소리가 들리고 있었다.

5

이틀쯤 지나, 모시치 대장이 또 오시즈가 일하는 보리밥집에 찾아왔다.

"오늘은 손님으로 온 것이 아닐세. 오시즈 씨를 좀 빌려 가야겠는데."

그렇게 말하고는 오시즈를 근처 감주 가게로 데려갔다.

"가와고에야의 부부가 이제야 죄상을 자백했네."

감주를 한 모금 홀짝이고 나서 모시치는 말을 꺼냈다.

오시즈는 무릎 위에 시선을 떨어뜨린 채 작게 고개를 끄덕였다.

"두고 가 해자에서 그 이야기를 처음부터 끝까지 들었을 때부터, 뒷일은 대장님께 부탁하면 괜찮을 거라고 생각하고 있었어요."

그날 밤 오미쓰가 평정을 잃고 소리를 지르던 대로, 사람을 고용해 쇼타를 죽이게 한 것은 가와고에야의 기치베에였다.

"원인을 따져 보면 시시한 이야기일세. 본래는 기치베에가 도키와즈 선생인 후지하루를 짝사랑하게 된 것이 시작이었지."

후지하루의 목소리는 그 목소리를 들으면 한겨울에 벚나무 꽃봉

오리도 피어난다고 할 정도로 교태가 있고 훌륭했다고 한다.

"기치베에 씨로서는 물론 흑심도 있었겠지만, 우선은 후지하루의 목소리에 반해 있었어. 후지하루에게는 남편이 있었고, 기치베에는 그저 가르치는 제자 중 한 명일 뿐 아무 생각도 없었네. 하지만 마누라인 오미쓰가 보기 드물게 투기가 강한 여자였거든. 남편이 후지하루에게 넋이 나가 있는 것이 마음에 들지 않았던 걸세. 남자를 홀리는 목소리를 용서할 수가 없었지. 몇 번인가 연습하는 곳에 쳐들어가기도 하고 후지하루에게 덤벼들기도 했지만, 후지하루도 대가 센 여자라서 지지는 않았네. 배짱도 있고 말주변이 좋아, 오미쓰가 꼼짝도 못하게 될 때까지 다그쳤지."

모시치는 얼굴을 찌푸렸다.

"그게 잘못이었던 거야. 오미쓰는 결국 머리끝까지 화가 치밀어서, 후지하루의 집 물병에 목구멍을 태워 버리는 약을 몰래 섞어 두었네."

"후지하루 씨는 목에 병이 생겨 목소리가 나오지 않게 된 것이 아니었군요."

"음. 표면상으로는 그렇게 해 두었을 뿐이지. 이제 원래 목소리로는 돌아갈 수 없을 거야. 자칫 잘못했다간 목숨도 위험할 판이었거든."

대장은 얼굴을 찌푸리며 자신도 목 언저리를 문지르고 나서 말을 이었다.

"오미쓰는 얄미운 후지하루를 혼내 주고 나서 속이 후련하다고 생각했네. 하지만 후지하루의 집에서 몰래 나오는 모습을 자네 남편인 쇼타가 보고 말았어."

 쇼타는 아무것도 알아차리지 못했다. 오미쓰는 붙임성이 없는 여자고 언제나 화난 것 같은 뚱한 눈빛을 하고 있어, 이렇다 할 의심스러운 점도 없었다.

 "게다가 후지하루 본인도 오미쓰의 짓이라는 것을 어렴풋이 짐작은 하고 있었지만, 자신이 가르치는 제자의 마누라가 투기를 해서 목을 망쳤다는 말은 체면이 있으니 할 수 없었지. 무슨 증거가 있느냐고 묻는다면 대답할 수도 없고 말이야. 언젠가 반드시 이 원한은 갚아 주겠노라고 결심하고 우선은 아까도 말했다시피 '병으로 목을 망쳤다'는 것으로 해 두었으니, 가와고에야로서는 쇼타의 의심을 살 일이라곤 전혀 없었네."

 모시치는 감주를 쭉 들이켰다.

 "인간이란 약한 법이지. 스스로에게 꺼림칙한 데가 있다 보니 아무래도 쇼타의 얼굴을 보면 불안했을 걸세. 뭔가 알고 있고, 씩 웃고 있는 것 같은 기분이 들고······."

 "우리 바깥양반은 그런 사람이 아니에요."

 오시즈는 당장 말했다. 모시치는 고개를 끄덕였다.

 "그렇고말고. 그건 나도 잘 아네. 하지만 오미쓰는 그렇게 생각하지 않았어. 그래서 기치베에게 모든 것을 고백하고, 쇼타를 어떻게든 하지 않으면 가와고에야의 장사에 지장이 생길지도 모른다고 부추긴 걸세."

 기치베에는 깜짝 놀랐다. 오미쓰가 질투 때문에 저지른 짓이 알려지면 세상 사람들에게 얼굴을 들 수 없게 된다.

"그다음은 자네가 두고 가 해자에서 들은 그대로일세."

"대장님은 처음부터 그것을 꿰뚫어보고 계셨나요?"

모시치는 머리를 긁적였다.

"쇼타 살해를 조사해 나가다가, 그것밖에 없다는 생각이 들기 시작했네. 쇼타는 남에게 원한을 살 만한 사람이 아니고——."

모시치는 '그건 자네가 제일 잘 알고 있겠지'라는 듯이 오시즈를 바라보았다.

"그때 후지하루 사건이 떠올랐네. 후지하루도 쇼타의 단골손님이었기 때문에 아하, 하는 생각이 들더군. 머릿속에서는 그랬지만 어쨌거나 증거는 없었네. 그렇다고 대뜸 가와고에야의 주인 부부를 포박하고 고문을 해서 자백시킬 수도 없고. 상대는 그냥 작은 장사치도 아니니 어디에서 어떤 불평이 나올지 알 수 없었거든. 게다가 자네와 우오타로, 그리고 후지하루의 앞날과도 관련이 있었네. 그래서 한바탕 연극을 한 거야."

우선 오시즈와 가와고에야 주변에서 두고 가 해자에 간기 도령이 나온다는 소문을 퍼뜨린다. 다른 남자의 입으로, 간기 도령은 성불하지 못한 생선 가게 주인이나 어부의 화신이라는 이야기도 퍼뜨린다.

"어머나, 그럼 그때 그 이야기를 꺼낸 사람은 대장님의 동료였나요?"

"그렇다네. 꽤 그럴 듯했지?"

다음은 발자국을 조작한다.

"제가 본 것은 정말로 물갈퀴가 있는 발자국이었어요……."

모시치는 하늘을 올려다보며 웃었다.

"잘 만들었지? 뭐, 료고쿠에 있는 극장에 부탁해서 갓파 발이라든가 하는 물건을 빌렸네."

밤에 남들의 눈을 피해 오시즈의 눈이 닿는 곳과 가와고에야 주변에 발자국을 내 둔다. 오시즈는 이상하게 여기고 혹시 쇼타가 아닌가 생각했지만 가와고에야의 부부는 두려움에 떨었다.

"그리고 딱 적당하게, 조금 위협을 해 준 걸세. 우리 젊은 애를 이번에는 스님으로 꾸며서, 가와고에야 문 앞에 서서 '동쪽에서 저주의 그림자가 다가들고 있다'고 거드름을 피우며 말하게 했지. '원한의 주인은 물에 잠겨 있다. 그 물이 이 댁 주인에게도 다가와 있다. 빨리 공양을 해 주지 않으면 목숨이 위험해진다'고."

모시치는 얼굴을 찌푸렸다.

"애초에 담이 작았기 때문에 저지른 일일세. 좀더 시간이 걸릴 거라고 각오하고 있었는데, 의외로 빨리 가와고에야 부부를 두고 가 해자로 끌어낼 수 있었지."

오시즈는 이상한 생각이 들었다.

"하지만 그렇다면 왜 제게……?"

"내가 일을 꾸미고 내가 그 자리를 덮친다면, 또 어떤 변명을 생각해 낼지 알 수 없지 않은가. 그러니 자네의 눈으로 보고 귀로 들은 후 내게 신고를 해 주기를 바랐던 걸세."

그리고 모시치는 눈초리에 주름을 지으며 미소를 띠었다.

"이보게, 오시즈. 자네, 그런 시간에 우오타로를 안고 혼자서 용케 두고 가 해자까지 나갔군. 그만한 용기가 있다면 앞으로도 훌륭하게 살아갈 수 있을 테지."

대장님은 쭉 나를 지켜보고 계셨던 거야. 오시즈는 가슴이 뜨거워졌다.

"걱정할 것은 없네. 범인도 붙잡았고, 쇼타는 틀림없이 성불했을 거야. 무슨 일이 있어도 간기 도령 같은 것이 되었을 리는 없네."

"하지만 그 목소리는? 그것도 대장님의 연극이었나요?"

두고 가……라고 부르던 목소리는 도저히 인간의 것이라고는 생각되지 않았다.

모시치는 말없이 턱을 잡아당기고 있다. 오시즈는 앗 하며 생각했다.

―후지하루 씨다.

후지하루였다. 그래서 오시즈의 이름도 불렀던 것이다.

"대장님……."

모시치는 딴청을 피우며 혼잣말처럼 중얼거렸다.

"그러고 보니 후지하루는 길이 잘 든 고양이를 키우고 있었지……. 이빨이 튼튼한 고양이일세."

오독오독 하는 소리의 정체도 그것이었다.

"두고 가 해자의 간기 도령은, 시답잖은 여자들 사이의 고집 싸움에 자네들 부부를 끌어들이고 만 것을 정말로 미안하게 생각하고 있는 모양이야."

그날 해질녘, 오시즈는 또 우오타로를 안고 두고 가 해자로 발길을 옮겼다.

그날 밤과 똑같이 속삭이는 소리를 내며 버드나무가 흔들린다. 어둠이 천천히 해자 위에 피어오르기 시작해 오시즈와 우오타로를 감싼다.

어디에선가 퐁 하고 물이 튀어오르는 소리가 났다.

여보.

오시즈는 가슴에 안은 아이를 살며시 흔들고 미소를 지으면서 마음속으로 중얼거렸다.

나는 이제 두려워하지 않겠어요.

버드나무 가지가 또 살랑살랑 소리를 냈다. 해자의 수면을 건너온 바람이 오시즈와 우오타로의 뺨을 건드리며 조용히 지나갔다.

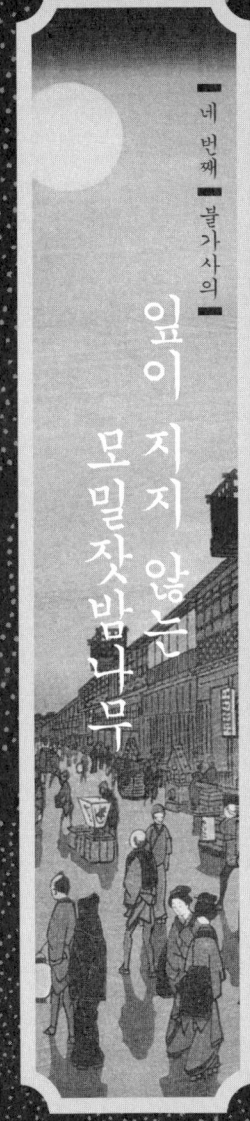

네 번째 불가사의

잎이 지지 않는 모밀잣밤나무

오카와 강가에 있는 한 무가의 저택 정원에 큰 모밀잣밤나무가 있는데 이 나무는 어떤 때에도 한 장의 잎도 떨어뜨린 적이 없다는 기묘한 나무였다. 그 때문에 이 저택은 아주 유명해져서, 모 말잣밤나무 저택 이라고 불리게 되었다.

1

 그 이야기를 들었을 때, 에코인의 모시치는 밤밥을 먹고 있었다.
 "잎이 지지 않는 모밀잣밤나무라고?"
 그렇게 되묻자 분지는 고지식하게 고개를 끄덕였다. 그는 모시치가 부리는 부하 중 한 명이다. 소녀처럼 가냘픈 몸매의 남자로, 술을 전혀 못 마시지만 코끝이 항상 붉다.
 오늘의 분지는 그 붉은 코를 더더욱 붉게 물들이고 양쪽 눈썹을 슬픈 듯이 축 늘어뜨리고 있다. 단정하게 모은 무릎 위에 올려놓은 손은 여자처럼 하얗다.
 "그거, 마쓰우라 님의 저택에 있는 모밀잣밤나무 이야기인가?"
 이곳 혼조에서 오쿠라 다리를 건너가면 있는 마쓰우라 분고노카미의 저택에는 가지를 크게 뻗은 모밀잣밤나무가 있다. 이 나무는 가을에 잎이 질 때가 되어도 잎을 한 장도 떨어뜨리지 않는다는 소문이 있어서 '잎이 지지 않는 모밀잣밤나무'로서 혼조의 일곱 가지 불가사의 중 하나로도 꼽히고 있다.
 잘 생각해 보면 이것은 이상한 이야기였다. 모밀잣밤나무는 본래 가을, 겨울이 되어도 잎이 지지 않는 나무이기 때문이다. 마쓰우라 님의 저택 정원에는 모밀잣밤나무뿐만 아니라 그 외에도 많은 정원수가 있다. 은행나무나 떡갈나무나 단풍나무 등, 성대하게 잎을 떨어뜨리는 나무도 심어져 있다. 그런데 그 잎들이 저택 주위에 떨어져 있는 것을 본 적이 없다. 대체 언제 그렇게 깨끗하게 청소를 하는 것일까——하는 이야기가 몇 번 이러쿵저러쿵 오가다가 지금 같은 이야기가 되고 말았다고 해야 할까.

그러나 일곱 가지 불가사의 중 하나인 '잎이 지지 않는 모밀잣밤나무'에 누가 트집을 잡았다는 소문은 전혀 들은 적이 없다. 본래 옛날이야기 같은 것에는 그런 게 많고 이치를 따져 생각하는 것도 세련되지 못한 짓인데다, 무엇보다 그럴 시간도 없다——모두들 그렇게 생각하고 있을 것이다.

이 혼조 일대를 맡고 있는 오캇피키인 모시치도 두말할 것 없이 그중 한 사람이다.

"이제 와서 그 소문에 무슨 트집 잡을 거라도 나왔다는 말인가?"

모시치는 텅 빈 커다란 밥공기를 아내 오사토에게 내밀면서 물었다. 오사토는 가볍게 받아들고 밥통의 뚜껑을 연다.

분지는 도리질하듯이 고개를 저었다.

"그런 이야기가 아니고요. 또 다른 쪽에서 잎이 지지 않는 모밀잣밤나무가 나온 겁니다. 이시와라초의 오하라야라는 잡곡 가게입니다. 바로 얼마 전에 살인이 있었던 곳 부근이지요."

모시치는 밤밥을 씹고 있었기 때문에 오사토가 대신 물었다.

"그 살인 말인가요? 대체 그것이 어째서 잎이 지지 않는 모밀잣밤나무로 이어진단 말이지요?"

"대장님 때문입니다."

고지식한 분지의 말에 모시치와 오사토는 얼굴을 마주 보았다.

분지가 말하는 살인이 일어난 것은 겨우 사흘 전 밤의 일이다. 이시와라초의, 지도에도 실리지 않을 것 같은 좁은 골목길에서, 회합을 마치고 돌아가던 상가商家의 주인이 살해되었다.

목덜미의 움푹한 곳을 바늘 같은 것으로 한 번 찌른 것만으로 목숨이 끊어졌는지, 죽은 사람의 얼굴은 깜짝 놀란 표정을 한 채 그대로 굳어 있었다. 품속의 지갑이 사라지고 시체의 오른손에는 가늘고 긴 실 같은 것이 쥐어져 있었다. 그가 회합에서 돌아올 때 들고 있던 등롱은 초가 반쯤 탄 채 시체 옆에 남아 있었다.

살인자는 아직 잡히지 않았다. 하지만 모시치는 이 사건에 대해서 어느 정도 짐작을 하고 있었고 그다지 어렵지 않게 처리할 수 있다고 생각하고 있었다. 그렇기 때문에 분지의 비난하는 것 같은 말에 놀랐다.

"말이 험하군. 내가 어쨌다는 겐가?"

분지는 약간 시선을 내리깔며 입술을 축이고 나서 말했다.

"대장님, 그 시체를 검시할 때 이렇게 말씀하시지 않았습니까? '운이 없군. 이렇게 잎이 떨어지지만 않았다면 범인의 발자국이 땅바닥에 남아, 어디에서 와서 어디로 갔는지만이라도 알 수 있을 텐데'라고요."

분명히 그런 말을 하며 한바탕 투덜거렸던 모시치다.

"음, 그랬지. 그게 왜?"

"뿐만 아니라 이런 말도 하시지 않았습니까. '이 골목길은 아무래도 터가 나빠서 큰일이란 말이야. 여기서 저질러진 살인은, 전에도 한 번 범인을 붙잡지 못한 채 끝나 버린 적이 있거든'."

분지의 말대로 그런 말도 했다.

"이보게 분지, 그게 어쨌다는 말을 하고 싶은 겐가."

"대장님은 기억하지 못하실지도 모르지만 오하라야의 뒤쪽은 살인이 있었던 골목길에 면해 있습니다. 다시 말해서 시체의 몸 밑에 떨어져 있던 낙엽의 출처는 오하라야의 정원수인 셈이지요. 넓은 정원이라서 소나무니 은행나무니 여러 가지가 있는데, 그중에는 모밀잣밤나무도 심어져 있습니다. 그런 것이 골목길 쪽까지 이렇게 가지를 뻗고 있다는 거지요. 여기까지는 아시겠습니까?"

"알고말고."

"그 오하라야의 고용살이 일꾼 중에 오소데라는, 올해로 열여덟 살이 되는 처녀가 있습니다. 이 처녀가 그저께 밤에 묘한 소리를 하기 시작한 겁니다. '저기 있는 나무가 잘못이에요. 저 낙엽 때문에 범인이 잡히지 않는 것이니 앞으로 두 번 다시 그런 일이 없도록, 언제 보아도 낙엽이 한 장도 떨어져 있지 않도록 제가 청소를 하겠습니다'라고요."

오사토가 어리둥절한 얼굴을 했다.

"그거 참 기특한 처녀로군요."

"오하라야 사람들도 처음부터 오소데의 말을 진지하게 받아들이지는 않았습니다. 당사자인 오소데가 축삼시인데도 빗자루로 저택 앞을 쓸고 있는 것을 보고야 진심으로 한 소리였구나 하며 깜짝 놀랐다고 합니다."

모시치는 밥그릇을 놓았다.

"그래서? 그 후로는 어찌 되었나?"

"오하라야의 주인 부부와 아들인 센타로, 세 사람이서 오소데를 붙들고 타일렀지요. 네 착한 마음은 훌륭하지만 한밤중에 그런 짓을 하는 게 아니다. 네 몸에 무슨 일이라도 생기면 큰일이라고요."
"그건 그렇지."
"특히 센타로는 필사적입니다. 오소데는 해가 바뀌면 그의 아내가 될 처녀거든요."

오소데는 고용살이 일꾼이라고 해도 직업소개소를 통해 고용된 것이 아니라 본래는 이웃 동네의 콩조림 가게 딸로, 오하라야에는 신부수업 같은 형태로 맡겨져 있다고 한다.

흐음, 하고 신음하고 나서 모시치는 물었다.
"그렇다기보다 아시이레인 게 아닐까?"

어떤 처녀를 정식 아내로 맞아들이기 전에 짧은 시간 동안이라도 우선 같이 살면서 가풍에 맞는지 일하는 태도나 성격은 어떤지를 보는, 소위 시험 기간을 두는 것을 '아시이레'라고 한다.

모시치는 이것을 찬성할 수 없는 방식이라고 생각하고 있다. 잘 되는 경우에는 좋지만 뭔가 맞지 않는다며 이유를 붙여 혼담이 깨지고 마는 경우에 처녀가 받게 되는 마음과 몸의 상처가 너무 크다고 생각하기 때문이다.

"이러니저러니 해도 결국은 그냥 돌려보낼 생각인 게 아닐까?"
"글쎄요……. 저는 그런 점에 대해서는 아무 말씀도 드릴 수 없습니다. 다만 오하라야의 주인 부부는 고용살이 일꾼 교육에 엄격한 것으로 유명한데, 그 부부가 오소데에게는 불평을 하지 않으니까요. 게다가 무엇보다도 센타로가 오소데가 없으면 안절부절못하니, 뭐, 오하라야로서는 콩조림 가게 딸은 좀 그렇다고 생각하면서도 어쩔 수 없겠지요."

분지는 휴우 하고 한숨을 쉬었다.

"하지만 그런 센타로가 아무리 타일러도 오소데는 말을 듣지 않는다고 합니다. 어째서 그렇게 집착하냐고 물어도 울기만 할 뿐이랍니다."

"곤란하게 되었군."

"다만 '살해당한 아버지가 생각난다'는 둥 뭐라는 둥, 사연이 있어 보이는 말은 했다고 하는데——게다가 무엇보다, 낙엽이 잘못이라는 것은 오소데가 혼자서 생각해 낼 일이 아니니까요."

"그래서 내가 한 말이 잘못이다, 이런 건가?"

"아니, 대장님 때문이라는 건 아닙니다. 하지만 대장님께서 살인범은 틀림없이 잡힐 테니까 안심하라는 말을 해 주시고, 그 김에 어째서 오소데가 그렇게 열을 올리고 있는지 이유도 물어봐 주신다면 오하라야의 주인 부부에게는 큰 도움이 될 것이다, 그런 말씀이지요."

모시치는 이를 드러내며 웃었다.

"그 정도라면 식은 죽 먹기지. 오소데는 어찌 하고 있는가? 어젯밤에도 청소를 하네 마네 하며 울었나?"

"별 수 없이 센타로와 고용살이 일꾼 몇 명이서 같이 청소를 했다고 합니다."

"고생 많았겠군."

"덕분에 이시와라초 주변에서 이 이야기는 완전히 소문이 나고 말았습니다. 제가 말씀드리지 않았어도 머지않아 대장님 귀에 들어왔을 겁니다."

모시치는 무릎을 치며 일어섰다.

"좋아, 오하라야에는 자네도 같이 가세. 채비를 할 테니 잠시만 기다리게나. 배는 고프지 않나? 밤밥이 맛있는데."

모시치가 자리를 뜬 후, 오사토가 웃었다.

"대장님은 저렇게 밤밥을 드시다간 봄이 되면 머리에서 싹이 날 거야. 안 그래요, 분지 씨?"

분지는 웃지 않았다.

"아무리 밤밥을 먹는다 해도 그것이 싹을 틔울 리 없습니다, 부인."

두 사람이 나간 후 오사토는, 분지 씨가 좀더 바보 같은 농담도 할 수 있는 사람이면 좋을 텐데 하는 생각을 하며 밥그릇을 씻었다.

2

오하라야의 정원수는 어느 것이나 커다란 가지가 무성하게 뻗어 있었다. 분지가 말했던 대로 마쓰우라 님의 저택에도 뒤지지 않을 모밀잣밤나무도 있다.

모시치와 분지는 그 모밀잣밤나무가 장지에 그림자를 드리우고 있는 안방에서 오하라야 사람들과 마주 앉았다. 주인 부부는, 사이 좋은 부부가 으레 그렇듯 오누이라고 해도 통할 만큼 닮은 얼굴을 하고 있었다. 두 사람 모두 복신처럼 통통한 뺨을 갖고 있는데 특히 안주인 쪽은 상당히 엄격해 보이는 눈이 빛나고 있다.

외아들 센타로는 부모와 대조적으로 단단하게 조인 얼굴에 눈썹도 짙어 상당한 미남이다. 말씨도 시원시원하여 젊은이답다. 오소데는 행복한 처녀구나, 하고 모시치는 생각했다.

"일부러 대장님이 와 주시다니 송구스럽습니다."

센타로는 예의 바르게 머리를 숙였다. 모시치는 손을 들어 그것을 말리며 웃어 보였다.

"그렇게 어려워하면 내 쪽이 낯간지럽네. 여기 분지에게 들은 이야기로는 내가 가볍게 입을 놀린 것이 잘못이었던 모양이고. 뭐, 오소데 씨의 얼굴을 보면서 확실하게 그 이야기를 해 둘까 싶어서 말일세."

분지의 이야기를 확인하기 위한 이야기가 대충 끝났을 때, 주인이 오소데를 불렀다. 입구에서 양손을 단정하게 모으고 인사한 그녀가 얼굴을 들었을 때, 모시치는 호오 하고 생각했다.

오소데는 벚꽃 꽃잎 같은 피부에 또렷한 눈동자를 가진 아름다운 처녀다. 센타로와 나란히 앉으니 맞춘 인형처럼 보인다. 센타로도 운이 좋은 사람인가 싶어, 모시치는 흐뭇한 기분이 들었다.

"저희는 이만……."

주인 부부와 센타로가 자리를 비키려고 하자 오소데는 뜻밖에 단호한 목소리로 말했다.

"아뇨, 부디 여기에 계셔 주세요. 좋은 기회이니 제가 어째서 이런 소동을 일으켰는지 그 이유를 들어 주셨으면 합니다."

모시치는 잠자코 고개를 끄덕였다.

모두가 자리에 앉자 오소데는 담담하게 이야기하기 시작했다.

"본래는 제 아버지의 일이 관련되어 있습니다. 아버지와 어머니는——."

그러고는 오하라야 부부 쪽을 보더니 말을 이었다.

"이미 알고 계시겠지만 저는 콩조림 가게 주인의 친딸이 아닙니다. 양녀지요. 태어난 곳은 오다와라인데, 열두 살 때 어머니가 병으로 돌아가셔서 외톨이가 되는 바람에 마을 촌장님의 먼 친척에 해당하는 콩조림 가게에 양녀로 가게 되었습니다."

모시치는 물었다.

"그렇군, 어머니는 돌아가셨다······. 그런데 아버지는 어떻게 되었나? 건너건너 들은 이야기인데, 자네는 아버지가 살해되었다고 했다더군."

오소데는 고개를 끄덕였다.

"아버지는 제가 열 살 때, 밤길에서 노상강도를 만나 살해되고 말았습니다."

"그 이야기는 콩조림 가게 주인 부부에게 들었어."

센타로는 상냥하게 끼어들었다. 오하라야의 주인 부부도 고개를 끄덕인다.

"다정하고 따뜻하고 좋은 아버지였어요. 정말로."

오소데는 말을 흐리며 잠시 동안 입을 다물고 있었다. 그리고 결심한 듯이 말을 이었다.

"콩조림 가게의 딸로 살면서 저는 몹시 행복했어요. 지금도 그렇습니다. 과분할 정도라고 생각해요. 하지만 그래도 아버지에 대해서는 한시도 잊은 적이 없었어요. 왜냐하면 아버지를 죽인 노상강도는 결국 붙잡히지 않았거든요."

모시치의 귀에 분지가 숨을 삼키는 소리가 들렸다.

"잊을 수 없어요. 아무리 미워해도 부족할 정도입니다. 우리 집은 가난했으니 아버지를 죽여도 돈은 얼마 벌지 못했을 거예요. 그런데……."

오소데는 꾹 참으며 눈물을 보이지 않으려고 하는 것 같았다.

"아버지가 살해된 때도 잎이 질 무렵이었어요. 쓰러진 아버지의 몸 밑에는 낙엽이 가득 있었지요. 몸 위에도 덮여 있었어요. 그리고 그때 범인을 찾아준 관리가, 역시 모시치 대장님과 똑같은 말을 했습니다. '아아, 이 낙엽만 없었더라면' 하고요."

오소데는 양손으로 얼굴을 덮었다.

"그래서 저는, 견딜 수가 없었어요. 모시치 대장님의 말을 들었을 때부터 아버지에 대한 생각만이 머리에 떠올라서, 살해된 사람이 아버지처럼…… 아니, 우리 아버지가 다시 한번 그곳에서 살해된 것처럼 생각되어서, 그렇게 되니 바보 같은 일인 줄 머리로는 알면서도 그 낙엽만 없었다면 하는 생각에……."

아무도 입조차 열지 못하고 있었지만, 잠시 후 오소데는 마음을 다잡고 얼굴을 들었다.

"어머니가 병으로 쓰러진 까닭도, 본래 그리 튼튼한 몸이 아니었는데 아버지가 돌아가신 후 여자 혼자 몸으로 절 키우기 위해 무리를 해 왔기 때문이었어요. 그러니까 아버지가 어머니를 죽인 것이나 마찬가지…… 아, 아니요."

오소데는 흠칫하며 말을 고쳤다.

"아버지를 죽인 범인이 어머니를 죽인 거나 마찬가지라고, 그렇게 생각해요."

"이제 됐다, 잘 알았어."

오하라야의 주인이 말하며 오소데의 등을 가볍게 두드렸다. 모시치는 말했다.

"그렇군, 나도 잘 알았네. 오소데 씨, 울 것 없어. 아버지 일은 괴롭겠지만 언제까지나 거기에 마음이 사로잡혀 있다면 아버지도 안심하고 성불할 수 없을 걸세."

모시치는 일동의 얼굴을 둘러보고는 단호하게 말했다.

"그곳에서 일어난 이번 살인에 대해서는 이 에코인의 모시치가 확실히 맡아 반드시 범인을 붙잡을 생각이니 맡겨 주게. 뭐, 오래 걸리지는 않을 거야. 정말일세."

그리고 눈물을 닦고 있는 오소데에게 타이르는 말투로 말했다.

"그러니 오소데 씨, 밤중에 밖에 나가 청소를 하는 짓은 이제 그만두게."

오소데는 한동안 대답을 하지 않았다. 오하라야 부부와 센타로가 걱정스럽게 지켜보는 앞에서 가만히 생각에 잠겨 있다.

이윽고 얼굴을 들더니 말했다.

"대장님의 말씀은 잘 알겠습니다. 저, 이제 밤중에 바깥을 청소하는 일은 하지 않겠어요."

하지만…… 하고 말을 잇더니 목소리가 작아졌다.

"그 골목길이 일곱 가지 불가사의인 '잎이 지지 않는 모밀잣밤나무'처럼 보일 만큼, 아침저녁으로 부지런히 청소를 하는 일만은 계속하고 싶어요. 범인이 잡힐 때까지. 기원을 하는 것은 아니지만 그렇게 하다 보면 그만큼 빨리 범인이 잡힐 것 같은 기분이 들어서……."

거기에는 모시치도 안 된다고 말할 수 없었다. 오소데의 열심인 마음을 알 수 있었고, 옆에 있는 분지의 몸에서 무언의 압력이 전해져 왔기 때문이다.

"아아, 그래. 그렇게 하면서 기도해 주게."

오하라야를 나서서 잠시 가다 보니 뒤에서 급한 발소리가 쫓아온다. 돌아보니 센타로가 달려오고 있었다.

"죄송합니다. 집에서는 말씀드리기 어려운 일이라."

세 사람은 길가에 서서 머리를 맞대었다. 센타로의 얼굴은 진지하고 미간에 주름이 잡혀 있었다.

"이것은 제 지나친 생각일지도 모르고, 그렇다면 무엇보다도 다행이겠습니다만 아무래도 마음에 걸리는 일이 한 가지 있습니다."

어젯밤의 일이다. 오소데와 함께 집 앞을 청소하고 있을 때 이 근처에서는 보지 못하던 얼굴의 남자를 한 명 보았다고 한다.

게다가 그 남자는 오소데를 물끄러미 바라보고 있었다고 한다.

"어떤 남자였지?"

"건실한 직업을 가진 사람으로는 보이지 않았습니다. 옷차림도 초라했고, 제대로 밥을 먹지 않는 것 같기도 했어요."

"몇 살 정도로 보이던가?"

"글쎄요……."

"나와 비교하면 어떤가?"

센타로는 진지한 얼굴로 모시치를 찬찬히 살폈다.

"대장님과 비슷한 정도일까요. 그래도 꽤 궁상스러운 옷차림을 하고 있었으니 사실은 더 젊을지도 모르겠습니다. 하지만 눈빛만은 굉장해서, 그게 마음에 걸려서 견딜 수가 없습니다."

분지가 걱정스러운 듯이 모시치를 올려다본다.

"저도 과민한 거라고 생각하려고 애썼습니다. 그래도 뭔가 이렇게, 가슴 언저리에 걸려 있는 것 같아서요. 그러다가 그 남자와 전에도 어디선가 만난 적이 있는 기분까지 들기 시작해서……."

가을바람이 품속으로 숨어들듯이 모시치의 마음에 의심이 솟아올랐다. 마찬가지로 센타로도 차가운 물이 등에 끼얹어진 사람 같은 얼굴로 말을 이었다.

"어쩌면 살인과 관련이 있는 남자일지도 모릅니다. 오소데의 이번 행동은 이 근처에서는 완전히 유명해졌으니, 범인이 오소데를 '귀찮은 짓을 하는 여자다'라고 생각하고 노리고 있는 게 아닐지, 제 쪽에서 이것저것 생각하게 될 정도입니다. 하지만 오소데에게 덜컥 말해 버리기도 저어되고……"

모시치는 그가 끝까지 말하기도 전에 분지를 바라보며 말했다.

"자네, 오늘부터 한동안 오하라야의 고용살이 일꾼이 되어 볼 생각은 없나?"

분지는 크게 고개를 끄덕였다.

3

그 후로 며칠 동안은 이렇다 할 움직임이 보이지 않았다.

분지는 오하라야에서 일하며 가끔 상황을 알려 온다. 분지가 거기에 있는 이유에 대해서는 센타로가 눈치껏 말을 맞춰 준 덕분에 의심을 사는 일도 없었고, 그는 꽤 중히 여겨지고 있는 것 같았다. 모시치도, 성실하기만 한 분지에게는 오캇피키의 부하 노릇을 하기보다는 장사에 종사하며 사는 게 더 행복할지도 모른다고 생각했을 정도였다.

센타로가 말한 '눈빛이 나쁜 남자'는 또 나타났다.

한 번은 아침 일찍 가게 앞을 청소하고 있을 때, 한 번은 밤에 대문을 닫을 때 그늘에서 물끄러미 이쪽을 살피듯이 바라보고 있었다고 한다.

"확실히 말할 수는 없지만 아무래도 제대로 된 직업을 갖고 있지는 않은 것처럼 보입니다." 분지는 얼굴을 찌푸린다.

더욱 기분 나쁜 일은 분지가 그 남자의 뒤를 밟아 보았다가 보기 좋게 따돌려지고 말았다는 점이다.

"어떻게 할까요? 큰맘 먹고 붙잡아 볼까요?"

모시치는 조급해하는 분지를 부드럽게 말렸다.

"뭐, 좀더 상황을 살펴보세. 그 대신 오소데에게서 눈을 떼선 안 되네."

"알겠습니다. 오소데가 아니라 오소데 씨지요."

분지는 물론이고 센타로도 오소데에게 찰싹 달라붙어 있다. 오소데의 이야기는 완전히 유명해져서 낙엽 청소를 도와주는 사람도 늘었다.

그 대신 오소데의 신변에 신경을 써 두어야 한다. 그것만 엄중하게 해 두면 괜찮을 거라고 생각은 하고 있지만, 얼핏얼핏 보이는 그 남자가 누구인지 아직 판단을 내리지 못하고 있는 모시치였다.

게다가 모시치는 다른 일 때문에도 바빴다.

이미 한 달 가까이 지난 일인데, 쇼군께서 총애하시는 젊은 후궁이 처음으로 아들을 낳았다고 해서 꽤 넓은 범위에 걸쳐 사면이 내려졌다. 하치조지마 섬도쿄 도에 속한 화산섬으로 옛날에는 유배지였다에 유배를 가 있던 죄인들 중에도 사면된 자들이 있었는데, 그런 자들이 어디에 자리를 잡는지, 그 후의 생활은 어떤지 등에 신경을 써 주어야 했기 때문이다.

애초에 그들 모두의 행방을 알고 있는 것은 아니고, 한 사람도 남김없이 돌봐줄 수 있는 것도 아니다. 하지만 모시치는 자신에게 의지하는 사람들에게는 아낌없이 힘을 빌려 주어 왔다. 답답한 것 같아도, 이것 또한 오캇피키로서의 직무와 통하는 일이라고 믿고 있기 때문이다.

오소데의 낙엽 청소가 시작된 지 칠 일째 되던 날 밤, 평소처럼 모시치에게 얼굴을 보이러 온 분지는 몹시 우울한 얼굴을 하고 있었다. 눈썰미 좋은 오사토가 말을 걸어도, 아무래도 시큰둥하다.

"분지 씨가 이상해요."

나중에 오사토는 모시치에게 남몰래 말했다.

"분지 씨, 좋아하는 사람이 생긴 게 아닐까요?"

그다음 날, 모시치는 분지에게 물어보았다.

"이보게 분지, 자네 오소데에게 반했나?"

분지는 흠칫하더니 입을 다물었다. 잠시 후 겨우 입을 열었을 때는 가엾을 정도로 절박한 눈을 하고 있었다.

"대장님, 저는 짝사랑을 하고 있는 것이겠지요."

"음……. 뭐, 그렇지 않을까."

"저는 시시한 놈입니다."

"그렇게 스스로를 낮추지 말게. 좋아하거나 반하는 것은 머리로 하는 일이 아니야."

"하지만 저는 오소데 씨에게 한소리 듣고 말았습니다."

"무슨 소리를?"

"'부디 제게 그렇게 친절하게 대하지 말아 주세요'라더군요. '저는 그렇게 친절하게 대해 주실 만한 여자가 아니에요'라고 말했어요. 이것은 대장님, 오소데 씨는 저의 더러운 생각을 알아채고 못을 박은 것 같습니다."

그렇게 말하며 분지는 꺼질 듯 한숨을 쉬고 고개를 숙였지만, 이윽고 불쑥 중얼거렸다.

"대장님, 저를 빼시고 오하라야에는 다른 사람을 대신 보내 주시면 안 될까요?"

모시치는 그러겠다는 말은 하지 않았다. 대신 분지의 어깨를 가볍게 두드렸다.

"마음 약한 소리 말게. 직무는 직무야. 조금만 더 애써 주게. 나도 도울 테니. 아무래도 상황이 묘하거든."

그날 밤, 모시치는 몰래 오하라야를 찾아가 보았다. 마침 오소데가 고용살이 일꾼 두 명과 가게 앞을 청소하는 중이었고 가게 안에 센타로의 얼굴도 보였다.

빗자루를 손에 들고 낙엽을 쓰는 오소데의 모습은 호리호리하고 조금 쓸쓸한 분위기가 있는 것이 마치 가을 들판의 꽃 같았다. 끊임없이 떨어지는 낙엽 한 장이 그녀의 머리에 머물러, 잘 어울리는 비녀처럼 비쳤다.

모시치는 가만히 바라보고 있었다. 오소데는 열심히 빗자루를 움직이고 있다. 가을 해질녘의 바람을 맞아, 그 손도 뺨도 투명하리만치 하얗다.

그때.

오소데가 문득 손을 멈추고 그 자리에 못박혔다. 발치를 내려다본 채 뿌리가 돋아 버린 듯 꼼짝도 않고 서 있다. 모시치는 그늘에서 몸을 내밀었다.

그러자 오소데의 손이 튕긴 것처럼 움직이고, 빗자루를 격렬하게 움직여 낙엽을 쓸어모으기 시작했다. 한바탕 정신없이 그렇게 하다가 손을 멈추었을 때는 숨이 거칠어져 있었다. 오소데는 얼굴을 들었다.

모시치는 눈을 크게 떴다.

오소데는 울고 있었다. 두 눈이 반짝반짝 빛나고 뺨에도 한 줄기 빛나는 것이 있다.

이윽고 오소데가 떠난 후, 모시치는 그녀가 서 있던 곳에 서 보았다. 깨끗하게 청소된 땅바닥에 빗자루로 쓴 자국이 희미하게 남아 있을 뿐이다.
―저는 그렇게 친절하게 대해 주실 만한 여자가 아니에요, 라…….
우두커니 서 있는 모시치의 어깨에 또 한 장, 새 잎이 춤추며 떨어졌다.

4

며칠 후 밤의 일이다. 모시치가 평소처럼 센타로나 분지와 함께 낙엽을 청소하고 있는 오소데를 바라보고 있는데 새로운 얼굴이 눈에 들어왔다.
여자다. 오소데보다 머리 하나만큼 키가 큰, 낭창낭창한 몸매의 아름다운 여자다.
머리를 틀어올린 방식도 짙은 연지도, 건전한 직업의 여자는 아닌 것 같다는 사실을 나타내고 있다. 그러면서도 무심코 물끄러미 바라보게 되고, 만일 눈이 마주치면 피할 수는 없을 것 같다고 생각될 만큼 요염하다.
여자는 어슬렁거리는 발걸음으로 다가와서 오른손에 든 등롱을 슬쩍 들어 오소데의 얼굴을 비추듯이 보고 있다. 가끔 뱀처럼 재빨리 곁눈질을 하며 센타로 일행 쪽도 살핀다.

오소데와 다른 사람들은 알아차리지 못한다.

여자가 천천히 지나쳐 오소데 일행에게서 떠나가려고 했을 때 모시치는 달려서 여자를 쫓아갔다. 바로 옆에 나란히 서서 이렇게 말했다.

"오늘 밤에는 나막신 끈이 끊어지지 않은 모양이군."

여자는 모시치에게 얻어맞기라도 한 것처럼 흠칫했다. 모시치를 보고 그의 표정을 읽어 낸 그 얼굴은 사귀邪鬼처럼 변했다. 그리고 지저분한 욕설을 내뱉음과 동시에 머리카락의 비녀를 뽑으며 덤벼들었다.

여자가 어떻게 나올지를 읽고 있던 모시치는 재빨리 뒤로 뛰어 피하고는 큰 소리로 분지를 부르면서 여자의 팔을 잡으려고 했다. 여자는 혀를 차며 모시치에게 비녀를 집어던지고는 몸을 돌려 달아났다.

그 순간 모밀잣밤나무 골목의 어둠 속에서 한 남자가 뛰어나왔다. 달아나는 여자의 앞으로 돌아 들어가더니, 움츠리며 몸의 방향을 바꾼 여자의 허리띠를 잡고 모시치와 분지가 달려갈 때까지 날뛰는 여자를 꽉 누르고 있었다.

"고맙소. 덕분에 살았군."

달려간 모시치가 그렇게 말하는 것과 동시에 분지가 손가락질을 하며 외쳤다.

"너는! 대장님, 이 녀석이 바로 그 남자입니다!"

안색은 나쁘지만 눈빛만은 찌를 듯이 날카로운 남자는 천천히 모시치 쪽을 돌아보고는 머리를 숙였다.

"대장님의 부하에게는 들키고 말았군요. 소란스럽게 해서 죄송합니다."

센타로가 말했던 대로 남자는 모시치와 비슷한 나이일 것이다. 하지만 그런 것치고는 방금 보여 준 몸놀림은 지나치게 기민했고, 그 눈에 깃들어 있는 빛은 방심할 수 없는 것이었다. 어두운 길만 걸어온 놈이군, 하고 모시치는 생각했다.

"자네는 요즘 오하라야 근처를 어슬렁거리고 있었던 것을 인정하는 겐가?"

남자는 낮게 예, 하고 대답했다.

"무엇 때문이지?"

센타로와 오소데가 달려왔다. 남자가 대답하기 전까지 잠시 동안, 모시치는 자신의 뒤에서 오소데가 숨을 삼키는 소리를 들었다.

남자는 모시치의 얼굴만 보며 차분한 목소리로 이야기했다.

"부끄러운 이야기지만 저는 보시다시피 이런 사람이라."

그가 오른쪽 팔을 걷어 보인다. 거기에는 시커먼 두 줄의 문신이 있었다.

"바로 얼마 전에 사면선赦免船을 타고 에도로 돌아온 참입니다."

모시치에 의해 단단히 밧줄에 묶여 있던 여자가 남자를 향해 침을 뱉으려고 했다. 오소데는 새파랗게 질린 얼굴을 하고 있다.

"이곳에서 일어난 살인과 오하라야 아가씨의 낙엽 청소에 대한 소문을 들었지요. 그때 무언가 말로는 설명할 수 없는 것을 느꼈습니다. 좋은 이야기구나, 하고요."

"여기 있는 오소데 씨가 하던 일이 말이지?"

"그렇습니다. 저는 실수였다고는 하나 사람 하나를 이 손으로 해친 적이 있는 놈입니다. 그것은 어떻게 해도 보상할 수 없는 일이지만 이 아가씨의 소문을 들었을 때 생각했지요. 나도 낙엽 청소를 도울 수 있다면 좋겠다고요."

남자는 수줍은 듯이 웃었다. 쓸쓸한 웃음이었다.

문득 모시치는 생각했다.

이 쓸쓸한 웃음은 본 적이 있다. 이 남자와 이전에도 어디선가 만났던 것 같은 기분이 든다. 그러고 보니 센타로도 같은 말을 했었지…….

―아니, 만난 적이 있는 것이 아니라 이 남자는 내가 알고 있는 누군가를 떠올리게 하는 것이다.

모시치는 담담하게 말을 잇는 남자의 옆모습을 찬찬히 바라보았다.

"그래도, 아무래도 말을 걸 용기가 나지 않더군요. 해서 지금껏 몰래 바라만 보고 있었다는, 시시한 이야기입니다."

"덕분에 범인을 붙잡을 수 있었네."

"예. 우연이었지만 도움이 되어서 다행입니다."

그렇게 말하고 남자는 그제야 얼굴을 들어 센타로와 오소데를 보았다.

"저 같은 사람이 근처를 어슬렁거리니 마음이 불쾌하셨겠지요. 용서해 주십시오."

오소데는 눈도 깜박이지 않고 남자를 바라보고 있다. 센타로는 아직 어떻게 된 일인지 이해하지 못하겠다는 얼굴이었지만, 타고난

시원스러운 목소리로 말했다.
"아니요, 저희야말로 당신에게 고맙다는 말씀을 드려야 할지도 모르겠습니다."
그 말을 듣고 남자는 처음으로 언뜻 하얀 이를 드러내며 웃었다. 그리고 다시 한번 머리를 숙이더니 등을 돌려 밤의 어둠에 녹듯이 사라지고 말았다.
여자를 파수막으로 끌고 간 후, 모시치는 오하라야로 되돌아가 오소데와 다른 사람들에게 설명을 했다.
"실은 처음부터 그 여자의 짓이라고 짐작은 하고 있었네."
그 여자의 수법은 머리카락에 꽂은 비녀를 이용해 사람을 찔러 죽이고 금품을 빼앗는 것이다. 우선 그늘이나 인기척이 적은 골목길에 숨어 알맞은 사냥감이 지나가기를 기다린다. 이거다 싶은 상대가 나타나면 갑자기 곤란하다는 목소리를 꾸며 내어 말을 건다.
"여보세요, 거기 계시는 나리. 보시다시피 이렇게 나막신 끈이 끊어져 난처하게 되었습니다. 죄송하지만 혹 갖고 계시는 수건이 있으면 좀 묶어 주시겠어요?"
물론 처음부터 끈이 끊어진 나막신을 준비해 두고 하는 연극이지만, 아름다운 여자가 어느 모로 보나 곤란해하는 기색을 보이면 대개의 남자들은 그 말대로 수건을 찢어 여자의 발치에 쪼그려 앉는다. 무방비한 목덜미에 비녀를 꽂으면 아주 손쉽게 숨통을 끊을 수 있다.
상대를 죽이고 돈을 빼앗은 후, 신을 바꿔 신고 등롱을 불어 끄고 떠나간다——는 것이다.

여자는 벌써 팔 년도 넘은 과거에 같은 수법의 살인으로 오라를 받아 섬으로 유배되었으나, 이 악질적이고 교활한 수법은 오캇피키들 사이에 널리 알려져 있었다. 따라서 오하라야의 옆골목에서 발견된 시체의 상처와 그 손에 실 같은 것이 쥐어져 있었던 것을 보았을 때, 모시치는 곧장 여자를 의심했다. 하물며 사면선이 도착한 후이다.

"어떻게든 사면선에 숨어들어 섬에서 빠져나온 걸 거라고 생각했지. 그래서 부하들을 시켜 여자가 어디에 있는지 찾게 하고 있었네만, 그때 오소데 씨, 자네의 낙엽 청소가 시작되지 않았나? 범인인 여자는 철저하게 근성이 비뚤어진 놈이니 혹시 소문을 듣고 오소데 씨 옆에 모습을 보일지도 모른다고 생각했지……. 좋지 못한 일을 꾸미지 않으리라는 보장도 없었네. 그래서 분지를 보낸 거야."

"아니, 그랬습니까? 저는 또, 그 남자를 감시하기 위해서인 줄 알았지요."

분지가 머리를 긁적인다. 센타로도 이상하다는 듯이 말했다.

"저도 그런 줄 알았습니다. 섬에서 돌아온 남자는 살인과는 관련이 없었군요."

"눈빛이 나쁘면 손해를 보는 법이지."

모시치는 팔짱을 끼고 옆에 있는 오소데를 슬쩍 바라보았다. 오소데는 아직도 멍한 얼굴로, 사람들의 대화도 들리지 않는지 한 지점에 시선을 고정하고 있다.

분지가 불쑥 중얼거렸다.

"요전에 보았을 때 그 남자는 좀처럼 잊을 수 없는 얼굴을 했지요."

"어떤 얼굴인가?"

"불행 덩어리인 듯한 얼굴이었습니다. 안타까워 보이는……. 그녀석, 결국 어디 사는 누구인지는 알아내지 못하고 말았군요……."

오하라야를 나선 후 모시치는 일부러 천천히 걸었다. 반쯤은 기도하는 마음이었다.

그리고 기도는 이루어졌다.

이번에 쫓아온 것은 오소데였다. 오소데의 눈에 또 눈물이 고여 있었다.

모시치는 상냥하게 말했다.

"고맙네, 고마워. 틀림없이 와 주리라 생각하고 있었네."

5

오소데의 혼례날 밤, 북적거리는 잔치의 불빛이 넘쳐나는 오하라야의 창 아래에서 모시치는 남자의 어깨를 두드렸다.

"세이키치 씨로군."

그는 조용히 말했다. 남자가 놀라서 몸을 움츠린 순간, 모시치는 그의 팔에 손을 올려놓았다.

"도망칠 것 없네."

남자는 말없이 모시치를 바라보고 있다가 이윽고 낮게 말했다.

"어떻게 제가 세이키치라는 걸 아셨습니까?"

"뭐, 그렇게밖에 생각할 수 없지. 자네가 반드시 올 거라고 오소데 씨는 말했어. 그 아이의 신부 차림은 잘 보았나?"

모시치의 말에 세이키치는 눈을 크게 부릅떴다.

"오소데가? ——아니, 어째서 제가, 오하라야의 혼례식에."

"당연하지 않은가. 그것은 자네가 오소데의 아버지이기 때문일세."

세이키치는 또다시 모시치를 삼킬 듯이 바라보았다. 하지만 잠시 지나자 지친 듯이 얼굴을 숙이고 눈을 감았다.

"괜찮네. 아무에게도 말하지 않을 테니."

그렇게 말하고 나서 모시치는 약간 몸을 젖히며 세이키치를 바라보았다.

"역시 부녀지간이군. 자네의 얼굴은 오소데 씨와 닮았어."

세이키치는 눈을 뜨고 의외의 말을 들었다는 듯이 모시치를 보았다. 모시치는 하하 하고 웃었다.

"닮았네. 어딘지 모르게. 그래서 처음 자네를 만난 그날 밤, 어디선가 본 기분이 들었지."

"그랬습니까. 그래서……."

"자네는 옛날에 노름판의 싸움에 휘말려 사람을 해쳤네. 그래서 섬으로 유배되었지. 오소데는 자네가 노상강도를 만나 살해되었다고 말했지만, 거짓말이었어."

세이키치는 고개를 끄덕였다.

"양녀로 보내질 때, 오소데의 앞날을 생각해 촌장님이 그런 이야기를 지어내 주셨습니다."

"오소데는 자네가 상냥하고 좋은 아버지였다고 이야기했네. 그것도 지어낸 이야기인가?"

세이키치는 어둡게 웃으며 눈을 피한 채 혼잣말처럼 말했다.

"그 무렵의 저는 도박을 하고 술을 퍼마시며, 아내가 일해서 번 얼마 안 되는 푼돈으로 여자를 사곤 하던 남자였습니다."

"그렇다면 오소데가 거짓말을 한 그 마음을 나는 똑똑히 알 것 같네."

모시치는 굵은 한숨을 쉬었다.

"오소데는 콩조림 가게에 양녀로 보내졌네. 용모가 뛰어나고 부지런한, 좋은 처녀로 자랐지."

세이키치는 잠자코 있다.

"열여덟 살이 되어, 이보다 더 좋을 수 없는 혼담이 들어왔네. 남편이 될 사람은 나무랄 데 없고 시아버지도 시어머니도 상냥한 사람이라 친딸처럼 귀여워해 주었지. 뭐, 이제는 형식적인 혼인만 남아 있을 뿐, 이미 신혼 생활을 시작한 터라 정말로 행복했네."

모시치의 목소리에 대답하듯이 오하라야에서 즐거운 웃음소리가 들려온다.

"그런데 생각지도 못한 아버지가 돌아온 걸세."

모시치는 단조롭게 중얼거렸다.

"사면이 되었다고는 하나, 팔에 시커멓게 문신을 넣은 아버지가. 그것도 옛날에 어머니와 자신을 실컷 괴롭히던 미운 아버지일세. ——밉다는 말은 지나친가?"

"저는 옛날, 오소데가 여덟 살 때 빚 대신 그 아이를 유녀로 팔아넘기려고 한 적이 있었습니다. 여덟 살짜리 아이를요. 그런 짓을 하는 놈은 미움을 받아 마땅하지 않겠습니까."

서 있는 두 남자 사이로 밤바람이 휘잉 불어 지나갔다.

"가만히 있으면 좋을 것을, 돌아온 아버지는 딸이 있는 곳을 물어 물어 만나러 왔지."

모시치가 천천히 말하자 세이키치는 용서를 구하듯이 모시치를 보았다.

"대뜸 만나러 가지는 않았습니다. 오하라야 앞을 슬쩍 왔다갔다 하며 오소데가 저를 발견해 줄 때까지 기다렸지요."

그러고는 진심으로 기쁘다는 듯이 미소를 지었다.

"오소데는 저를 알아봐 주었습니다. 제 얼굴을 기억하고 있었습니다. 그때는 그것만으로도 몸이 떨릴 만큼 기뻤어요."

꿈꾸듯이 중얼거리고 나서 세이키치는 목소리를 떨어뜨렸다.

"하지만 제 얼굴을 알아본 순간, 오소데는 귀신을 본 것처럼 창백해지고 말았습니다……."

"그것은 각오하고 있었던 일이 아닌가?"

"물론입니다. 그건 알고 있었어요. 대장님, 저는——저는 정말로, 그냥 한번 오소데를 만나 아버지가 잘못했다고 사과하고 싶었을 뿐입니다. 그것을 위해 오소데를 찾아다닌 거예요."

"정말인가?"

모시치는 일부러 차갑게 말했다. 그러자 세이키치는 모시치의 소매에 매달릴 듯한 기세를 보였다.

"믿어 주십시오! 제 마음에는 그것밖에 없었습니다. 맹세코 사실입니다. 오소데를 만나고, 이야기하고……. 그거면 충분했어요. 저는 아무 쓸모도 없는 쓰레기 같은 놈입니다. 하지만 그 쓰레기도 힘든 섬 생활을 하면서 조금은 바뀌었지요. 조금은 제대로 된 남자의, 아버지의 마음을 되찾았습니다."

하지만 세이키치가 오하라야 주위에 나타나면 오소데는 차갑게 시선을 피하는 것으로 대답했다.

만나고 싶다는 세이키치. 동요하며 도망치고 싶어 하는 오소데. 말을 나누는 일도 없이 실랑이가 계속되고 있을 때 모밀잣밤나무 골목에서 살인이 일어났다.

여기에서 오소데는 세이키치를 직접 만나지 않은 채 자신의 마음을 세이키치에게 알릴 방법을 찾아냈다. 그것이 그 낙엽에 얽힌 사건이었던 것이다.

내게는 상냥한 아버지가 있었다. 하지만 그 아버지는 살해되고 말았다——.

오소데는 그런 이야기를 지어내 널리 퍼뜨리고 매일 빗자루를 손에 들고 낙엽을 쓰는 것으로 세이키치를 향해 외쳤다. 내게는 아버지가 없어요. 우리 아버지는 벌써 돌아가셨어요…….

"나는 한 번, 오소데가 엄청난 기세로 낙엽을 쓰는 모습을 본 적이 있네. 지금 생각하면 그것은 그냥 낙엽을 쓴 것이 아니었지."

혼잣말처럼 들리는 모시치의 물음에 세이키치도 작은 목소리로 대답했다.

"저는 글을 모르지만 제 이름 정도라면 간신히 쓸 수 있습니다. 낙엽을 늘어놓아서 말이지요."

모시치는 저릿저릿할 정도로 차가운 밤공기를 귀와 코에 느끼면서 가만히 물었다.

"자네, 오소데 씨의 그런 연극은 한 번 보고 들었으면 충분했을 텐데, 어째서 오소데 씨가 낙엽 청소를 그만둘 때까지 이 주위를 어슬렁거리고 있었던 겐가?"

"오소데가 그 살인을 구실로 묘한 낙엽 청소를 시작했기 때문입니다. 어쩌면 살인을 저지른 범인이 오소데를 노리는 일이 일어날지도 모른다고 생각해, 되도록 곁에 있어 주고 싶었지요."

예감은 실제로 들어맞았다.

두 사람은 입을 다물고 오하라야의 경사스런 밤에 귀를 기울였다. 오소데의 행복에 귀를 기울였다.

"그것도 끝났어요. 이제 저도 속이 후련해졌습니다."

세이키치는 천천히 모시치를 돌아보고는 엷은 웃음을 띠었다.

"저는 에도를 떠날 생각입니다. 오소데에게서 멀리 떠나 제 생활을 해 나가려고요."

"오소데 씨는 자네를 만나고 싶어 할지도 몰라. 아니, 지금도 사실은 만나고 싶은 것인지도 모른다는 생각은 안 드나?"

그렇게 말한 모시치의 귀에는 분지에게 '저는 그렇게 친절하게 대해 주실 만한 여자가 아니에요'라고 말하던 오소데의 목소리가 들렸다.

"착한 아가씨일세. 옛날에 아무리 미워하던 아버지라도, 지금 이렇게 돌아온 것을 보고도 아무런 마음의 아픔도 느끼지 않고 밀어내기만 해 왔다는 생각은 들지 않아. 그런 이야기를 지어내면서, 오소데 씨도 괴로웠을 거라는 생각은 안 드는가?"

"그런 일이 있을 리 없지요."

"그래? 그럼 가르쳐 주지. 나는 말일세, 방금 그 이야기를 오소데 씨에게 들었네."

세이키치는 말도 나오지 않는 듯 입을 벌리고 있다.

"그날 밤에 자네는 그 아가씨를 구했고, 이번에는 자네 쪽에서 이야기를 지어내어 사실이라고는 한마디도 하지 않고 떠났네. 나는 네 아버지라는 말도, 어째서 그런 거짓말을 하며 차갑게 뿌리치느냐는 말도 하지 않고. 그 아가씨도 그것으로 알았던 게지. 자네는 이제 옛날의 자네가 아니라고, 변했다고 말일세."

모시치는 우두커니 선 세이키치의 등을 골목길 쪽으로 밀었다.

"가서 보고 오게. 오소데 씨가 낙엽을 늘어놓아 자네에게 편지를 썼다더군."

세이키치는 튕긴 듯이 달려갔다. 오랫동안 돌아오지 않았다.

"대장님."

이윽고 골목길에서 나오더니, 그는 떨리는 목소리로 말했다. 눈이 울고 있었다.

"대장님, 저는 행복한 사람입니다."

"그 말은 오소데 씨와 만나고 나서 하게나."

세이키치는 고개를 저었다.

"됐습니다. 이제 됐습니다. 오소데의 편지만으로도 충분해요. 그 아이가 용서해 주었다면, 저는 이제 혼자서 제대로 살아갈 수 있습니다."

모시치는 걸음을 옮기기 시작한 세이키치의 등을 향해 말했다.

"이보게, 자네 내 직무를 도와 볼 마음은 없나?"

세이키치는 돌아보지 않았지만 아주 약간 걸음이 느려졌다.

"이 근처에서 '에코인의 모시치'라고 하면 금방 알 수 있을 걸세. 마음이 변하면 언제든 좋으니 찾아오게."

기다릴 테니, 하고 큰 소리로 말했을 때 세이키치의 등이 모퉁이를 돌아 사라졌다.

모시치는 잠시 동안 그 자리에 서 있다가 오하라야로 되돌아가 부엌에서 손님에게 대접할 음식을 얻고 있던 분지를 데리고 집으로 돌아갔다.

"이걸로 내 고용살이 생활도 끝인가?"

분지는 노래하듯이 혼잣말을 했다.

"저기 대장님, 오소데 씨는 예뻤지요. 그렇게 예쁜 신부는 본 적이 없었어요."

다섯 번째 불가사의

축제 음악

가을밤, 어딘지 모를 곳에서 반주 음악의 소리와 시끌벅적한 사람들의 소리가 바람을 타고 들려온다. 어디에서 들려오는지 확인해 보려고 밖으로 나가 음악 소리를 쫓아가면, 쫓을수록 소리는 멀어진다. 마치 추적하는 자를 비웃는 것 같다. 결국 단념하고 문득 정신을 차리면 말도 안 되는 시각이 되어 있고, 말도 안 되는 장소까지 와 있다.

1

 오토시는 위로를 받고 싶어서 큰아버지 부부의 집을 찾아갔으나 그곳에는 먼저 온 손님이 있었다. 오토시가 모르는 얼굴이다.
 젊은 처녀였다. 나이는 오토시와 별로 차이가 나지 않을 것이다. 땅딸막한 어깨에 커다란 머리. 숱이 적은 눈썹도 두 눈도 약간 처진 듯하지만 그렇다고 해서 애교 있는 얼굴은 아니다. 울상이다. 입매도 야무지지 못하다. 오토시는 문득 비에 흠뻑 젖은 들개를 떠올렸다.
 "큰어머니, 저 사람은 누구지요?"
 오토시는 살짝 연 장지 사이로 먼저 와 있던 손님을 찬찬히 훑어보며 물었다.
 큰어머니 오사토는 금방 대답하지는 않았다. 힐끗 장지 쪽을 한 번 돌아보고, 잠시 생각하고 나서 대답을 했다.
 "큰아버지의 직무와 관련이 있는 사람──이라고 하면 되려나."
 "저렇게 젊은 여자가?"
 오토시는 깜짝 놀랐다.
 큰아버지 모시치는 이 혼조 일대를 맡고 있는 오캇피키다. 마을 사람들에게는 '에코인의 모시치'라 불리고 있다. 그 집까지 초대되어 큰아버지와 마주앉아 저렇게 열심히 이야기를 나누고 있는 비슷한 나이의 처녀에게, 오토시는 흥미를 느꼈다.
 "어떤 아가씨일까. 저 아가씨도 큰아버지 밑에서 직무를 맡고 있는 것은 아니겠지요. 분지 씨나 슈 씨처럼."

오토시는 모시치가 부리고 있는 부하의 이름을 댔다.

오사토는 무뚝뚝하게 "글쎄다"라고만 말하고 오토시에게 보리차를 권했다. 오토시는 찻잔을 손에 들었지만 미지근했다.

그때 옆방에 있는 처녀의 목소리가 귀에 들어왔다.

"——그래서 저는 조슈야의 오센도 죽였어요."

오토시는 눈을 크게 뜨고 큰어머니를 보았다. 오사토는 곤란하다는 얼굴을 하고 있다. 오캇피키의 아내이긴 하지만 친지에게 '모르는 척'을 하는 것은 서툰 사람이다.

"저거, 뭐예요?"

오토시는 이번에는 옆방에 있는 처녀를 '저것'이라고 불렀다.

"사람을 죽였다니——."

"쉿."

오사토는 입술에 손가락을 댄다. 오토시 쪽으로 살며시 얼굴을 가까이 하더니 말했다.

"큰 소리 내지 마라. 정 뭣하면 나중에 큰아버지께 여쭤 보도록 해. 나는 이야기해 줄 수 없으니까."

그때 옆방 처녀가 또 이렇게 말하는 것이 들려왔다.

"오미쓰도 오쿠니도, 그다지 손은 가지 않았어요. 금방 죽어 버렸고 얼굴은 새까맣게 부어 올랐지요."

이번에야말로 오토시는 오싹해졌다. 옆방 처녀의 목소리는 마지못해 자장가를 불러 주고 있는 하녀의 목소리처럼 평탄하고, 도무지 열의가 없었다. 젊은 아가씨가 저렇게 이야기하는 모습을 다른 곳에서는 들은 적이 없다.

그러면서도 이야기하는 내용은 살인에 관한 것이다.

오사토를 쳐다보자 큰어머니는 작게 한숨을 쉬었다.

"곤란하군."

"곤란할 것도 무엇도 없어요. 저 아가씨, 큰아버지에게 잡힌 범인이군요. 큰어머니, 힘드시겠어요. 저런 여자가 한 지붕 아래 출입하다니. 무서우시지요?"

"무섭지는 않아. 왜냐하면 저 아가씨는 되는 대로 아무렇게나 말하고 있거든."

"예?"

"붙잡은 범인을 이런 곳에 놔 둘 리 있니. 저 아가씨는 말이다."

오사토는 장지 쪽을 보고 고개를 갸웃거렸다.

"그래, 마음이 좀 이상한 거야. 그래서 저렇게 두 달에 한 번 정도 큰아버지와 이야기를 하러 오는 거지——어디, 찹쌀 경단이라도 좀 내 줘야겠다. 오토시 너도 좋아하지? 많이 먹으렴. 잠시 못 본 사이에 야윈 것 같구나."

오사토가 부엌으로 나간다. 뒤에 남겨진 오토시는 옆방 처녀가 또 이렇게 말하는 것을 들었다.

"차라리 우물에 독이라도 넣어서 깨끗하게 처리하고 싶다고 생각할 때도 있어요. 그러면 편해질 수 있겠지요. 밤에도 푹 잘 수 있고."

찹쌀 경단을 먹으면서 할 이야기가 아니다. 오토시는 자신의 걱정거리를 잊었다. 두근거리는 가슴으로 살며시 장지를 열고 다시 한번 처녀의 얼굴을 본다. 여자는 이마와 코 밑에 살짝 땀이 밴 얼굴로 이야기하고 있었다.

2

그날 밤, 오토시는 오사토가 차려 준 저녁 식사를 얻어먹었다.
그리고 낮에 왔던 처녀가 마음에 걸려 견딜 수 없었기 때문에 모시치에게 물어보았다. 처음에 큰아버지는 떨떠름한 얼굴을 하며 "밥 먹고 나서 하자"고 말했지만, 오토시가 졸라 대는 바람에 그 끈기에 져서 이야기를 시작했다.

"오토시에게는 당해 낼 수가 없군."

"큰아버지는 상냥하시네요."

모시치는 지극히 소탈한 성격으로, 오토시도 그런 점을 좋아했다. 오토시의 아버지는 모시치의 바로 아래 동생에 해당하는데 겨우 세 살이 차이 나는 형제로, 어떻게 이렇게 성격이 다른지 신기하게 생각될 만큼 말을 딱 부러지게 하지 않는 사람이다.

"아버지, 오늘은 덥네요"라는 정도의 말에도 "글쎄, 그런가? 해가 좀더 높아지지 않으면 알 수 없지"라고 대답한다.

모시치는 시원시원해서 기분이 좋다. 오토시는 내심 자신은 아버지보다 큰아버지를 닮았다고 생각하고 있다.

"본래는 네게 이야기할 수 있는 일이 아니지만 오늘 대화를 얼핏 들어 버렸으니 이야기해 주지 않을 수도 없구나. 오히려 신경이 쓰일 테니. 하지만 다른 데 가서 이야기하면 안 된다."

모시치는 그렇게 서두를 두고 이야기했다.

"그 처녀의 이름은 오요시. 나이는 열여덟이니 너와 같겠구나. 마쓰쿠라초에 있는 목욕탕 주인의 딸로, 언니가 둘 있다. 이 언니들이 미모가 뛰어나서 말이야. 둘 다 좋은 집에 시집을 가서 벌써 아이도 있어."

"어머, 그럼 막내인 오요시 씨가 목욕탕을 물려받게 되나요?"

오토시가 묻자 모시치는 무뚝뚝하게 고개를 끄덕였다.

"목욕탕 주인 부부는 그럴 생각이었다. 그러지 않으면 오요시에게는 좋은 남편을 바랄 수 없을 거라면서."

오토시는 오요시의 흐리멍덩한 얼굴 생김새를 떠올리고 쿡 웃었다.

"그러네요. 상속을 하는 게 좋을지도 모르겠네요."

모시치는 나물을 입에 넣으며 씁쓸한 얼굴을 했다.

"웃지 마라. 안 그러면 너도 오요시 손에 죽게 될 거야."

그 말투가 우스워서 오토시는 더욱 웃었다.

"어머, 하지만 그 아가씨가 한 말은 전부 입에서 나오는 대로 지껄인 거잖아요. 정말로 살인을 할 수 있을 리가 없는걸요."

"그야 그렇다만, 설령 말뿐이라 해도 살해되어서 기분이 좋을 리는 없지 않느냐. 그래서 오요시에게 그런 말을 하고 싶어졌을 때는 우리 집에 오도록 하라고 타일러 둔 거다. 길거리에서 그런 말을 지껄였다간 큰일이지."

모시치가 지금처럼 손을 쓰기 이전에는, 오요시는 그녀가 '죽였다'고 생각하고 있는 여자들에 대해서 마음 내킬 때 마음 내키는 곳에서 떠들고 다녔다. 당연히 팔팔하게 살아 있으면서도 오요시의 손에 '살해당한' 처녀나 가족들은 불쾌해한다. 화를 낸다.
"그럼 그 오요시 씨는 머리가 이상한 거로군요."
"쉽게 말하자면 그런데."
오요시도 본래는 그렇지 않았다. '언니들과 달리 예쁘지는 않지만 마음씨가 곱고 재치가 있다'는 평을 받는 처녀였다. 그런데 어떻게 잘못된 것인지 지금처럼 되고 만 것은, 반년쯤 전의 일이라고 한다.
"어째서 그런 말을 하게 된 걸까요. 사람을 죽였다니."
"그걸 모르겠어."
모시치는 고개를 젓는다. 오늘 밤에는 술도 들어가지 않는다. 나중에 오사토에게 들은 이야기인데, 모시치는 오요시를 만난 후면 늘 기운이 조금 없어진다고 한다.
"오요시 씨에게 '살해된' 여자들은 그 여자가 아는 사람인가요?"
"아는 사람도 있지만 모두 다 그런 것은 아니야. 길에서 스쳐 지나간 여자도 있다."
"그러면 오요시 씨도 그 여자가 어디 사는 누구인지 모르잖아요."
"뒤를 따라가서 어디 사는 누구인지 알아내는 거지."
그때 처음으로 오토시는 차가운 손가락 하나가 등을 어루만지는 듯한 기분이 들었다.
"듣기 싫은 이야기네요······." 웃을 일이 아니다.

"큰아버지, 어째서 그런 여자를 내버려두세요? 애당초 오요시 씨의 부모님은 그 아가씨를 혼자 돌아다니게 해도 아무렇지 않은 걸까요? 너무하네요."

"아무렇지도 않을 리가 없지." 모시치는 오토시를 타이르는 얼굴을 했다.

본래 오요시의 부모도 그녀가 정상이 아니라는 사실은 잘 알고 있다. 남의 눈으로 보면 충분히 기분 나쁜 여자라는 사실도 알고 있다. 그래서 주의를 기울여 멋대로 돌아다니지 못하도록 하고는 있지만, 오요시도 미쳤다고는 하나 지능이 떨어지는 것은 아니라서 어떻게든 집안사람들의 눈을 피해 휘적휘적 밖으로 나갈 때가 있는 것이다.

"오요시의 친지들은 모두 곤란해하고 있다. 한때는 오요시를 가두어 둘 방까지 만들려고 했을 정도로. 그 일로 내게도 상의를 해 왔지."

만나 보니 분명히 오요시는 상태가 이상하고 위험한 말을 했다. 하지만 모시치는 한동안 살펴보고는 그녀가 정말로 남에게 손을 대지는 않을 것 같다고 생각했다.

"그래서 오요시에게 타일렀다. 남들 앞에서 살인 이야기를 하는 것은 좋지 않으니, 그런 이야기를 털어놓고 싶어지면 이리로 오라고. 오캇피키인 내가 이야기를 들어 주겠노라고 말이지. 그러면 그 아가씨는 분명히 알아듣거든."

그 후로 오요시는 가끔 집을 빠져나와 모시치를 만나러 오게 되었다——는 것이다. 그녀가 머릿속에 쌓인 시커먼 마음을 다 토해

내고 나면 모시치는 그녀를 집까지 데려다 준다.

"뭐, 그다지 기분 좋은 직무는 아니지만 오요시가 가엾어서."

듣고 있던 오토시도 왠지 가슴이 답답한 기분을 느끼며 저녁 식사를 마쳤다.

오사토는 "자고 가지 그러니?" 하고 권한다.

"게다가 오토시, 너는 큰아버지께 뭔가 할 이야기가 있어서 왔잖아?"

그 말에 오토시는 자신의 걱정거리를 떠올렸다.

"대단한 일은 아니에요" 하고 웃어 보인다. 이곳을 찾아왔을 때는 완전히 낙심해 있었기 때문에 무엇이든 털어놓을 생각이었다. 하지만 지금은 머리가 조금 식었다. 마음도 차분해졌다. 말을 골라가며 이야기할 수 있을 것 같다.

그런 오토시에게 모시치는 웃음을 지었다.

"뭐, 네 이야기라면 어차피 소키치에 관한 일일 게 뻔하다만."

정곡을 찔린 오토시는 얼굴을 붉혔다. 오토시의 얼굴이 빨개지면 또 큰아버지 부부의 웃음을 자아낼 거라 생각하니 더욱 거북했다.

"오토시, 정말 소키치 씨에게 푹 빠졌구나."

오사토가 상냥하게 말해 주었기 때문에 오토시는 얼굴을 들었다. 겨드랑이 밑에 땀이 났지만 무더운 밤 때문만은 아니었다.

"제가 그렇게 항상 소키치 씨 일로 소란을 피우는 것처럼 보이나요?"

큰아버지 부부는 힐끗 얼굴을 마주 보았다. 오토시가 묘하게 진지했기 때문일 것이다.

"소동은 아니지만 네 이야기는 언제나 소키치에 관한 것이라는 게 사실이지. 네 머릿속은 항상 소키치, 소키치이지 않느냐. 이세야의 찹쌀떡처럼."

큰아버지가 끄집어 낸 비유에 오토시는 웃음을 터뜨리고 말았다. 이세야라는 것은 혼조에 있는 찹쌀떡 가게로, 그곳의 찹쌀떡은 팥을 뭉친 것 위에 직접 밀가루를 뿌린 게 아닌가 싶을 만큼 껍질이 얇고 소가 꽉 차 있다.

"저랑 소키치 씨를 찹쌀떡 같은 데 비유하지 마세요."

"네 머리가 찹쌀떡이라고 한 거야."

모시치는 하하 하고 웃었다.

"그 소중한 소키치 씨에게 무슨 일이라도 있니?"

소키치는 오토시와 부부가 되기로 약속한 젊은이다. 지금은 후카가와 사루에초의 골목길 안쪽에 있는 집에서 혼자 살고 있다. 직업은 소방원. 오토시와는 소꿉친구 사이인데 어릴 때는 종종 진흙투성이가 되어 함께 놀곤 했다.

그 무렵부터 소키치는 손재주가 좋고 몸이 가벼웠다. 올려다보아야 하는 높은 가지의, 그것도 가장 끝 쪽에 매달려 있는 감나무 열매를 훌쩍 따다 오토시에게 던지곤 했다.

소키치가 열두 살 때 아버지를 여의고 후카가와에 있는 소방원 대장 밑으로 가게 되었을 때, 오토시는 꽤나 울었다. 감나무를 보고는 울고, 말이 없어진 소키치를 바라보고는 울었다. 지금 생각하면 오토시는 그렇게 어렸을 때부터 장래에 소키치의 색시가 되겠다고 결심했던 것이다.

그래서 어엿한 어른이 된 소키치가 혼조로 돌아와 어머니와 둘이서 살기 시작했을 때 오토시는 금세 그 꿈을 되찾았다. 거친 일을 하고 성정이 격렬한 동료들에게 둘러싸여 있으면서도, 소키치는 조금도 변하지 않았다. 잔잔한 봄바다처럼 온화한 얼굴을 한 젊은이가 되어 있었다.

소키치는 남자치고는 몸집이 작다. 오토시와 나란히 서면 거의 차이가 나지 않는다. 얼굴도 작고 이목구비도 아기자기하게 정돈되어 있다. 햇볕에 타지 않는 체질인지 피부도 하얗다.

"너 같은 말괄량이가 그런 얌전한 남자에게 푹 빠지는 걸 보면, 세상이라는 것은 균형이 참 잘 잡혀 있구나."

오토시의 어머니는 묘하게 감탄한다.

이 혼담을 추진하는 데에는 지장도, 부족함도 무엇 하나 없었다. 그러나 작년 가을에 이야기가 본격적으로 나오게 된 순간, 소키치의 어머니가 쓰러졌다. 아마 안심한 것이리라. 겨우 대엿새 정도 앓아누웠다가 어이없게 세상을 뜨고 말았다.

"이렇게 되면 혼인은 좀 나중으로 미루는 게 좋겠지."

소키치가 어머니의 상을 치를 때까지 이야기는 뒤로 미뤄지게 되었다. 단순하게 생각하면 두 사람의 혼담을 기뻐하던 어머니를 안심시키기 위해서는 빨리 가정을 꾸리는 게 좋을 것 같지만, 세상에는 이런 일에 까다로운 눈도 있고 반년이나 일 년 정도 늦춘다 해도 금방이야——하며 주위 사람들은 오토시를 설득했다.

하지만 그것은 처녀의 마음을 모르는 처사라고, 오토시는 생각하고 있다.

불안하다. 일 년 사이에 다른 누군가가 나타나면 어떻게 될까. 또 다른, 혼인을 올릴 수 없는 사정이 생기면 어떡하나. 그런 생각 때문에 잠이 오지 않을 때가 있다.

자신은 괜찮다. 오랫동안 소키치만을 좋아해 왔던 것이다. 마음이 바뀔 리 없다.

하지만 소키치는 어떨까.

본래 별로 말수가 없는 성격의 남자다. 마음속 깊은 곳에서 오토시를 어떻게 생각하고 있는지 알 수가 없다. 오토시를 자신의 아내로 맞겠다고 결심했는지, 아니면 적당히 장단을 맞추려는 것인지. 소꿉친구니까 번거로울 일도 없다는 정도로 생각하고 있는 것이라면 슬픈 일이다.

그런 때에 만일 누군가 다른 여자가, 정말로 소키치를 뒤흔들 수 있는 여자가 나타나고 만다면——.

그 생각을 하면 오토시는 가슴 깊은 곳이 저릿저릿해진다. 손이 닿지 않는 곳이 가려운 듯, 보이지 않는 곳에 멍이 든 듯, 답답하고도 무력한 기분이 든다.

그래서다. 모시치 큰아버지에게 '너는 대단한 질투의 불덩어리구나'라는 말을 들을 만큼 질투를 하는 까닭은.

"뭐냐, 이번에는 소키치가 예쁜 여자랑 어깨를 나란히 하고 걸어가기라도 하더냐?"

놀림을 받고 오토시는 입을 삐죽거렸다.

"그 사람은 그런 바람은 피우지 않아요."

"그거 몰라 뵀구나. 그럼 뭔데?"

오토시는 말문이 막혔다. 어떻게 말할까……

"싸움이라도 했니?" 하며 오사토가 웃는다.

"그 사람, 요즘 분위기가 이상해요. 왠지——누군가를 찾고 있는 것처럼 보여요."

"찾고 있다?"

"네. 그것도 여자를. 나랑 같이 걷고 있을 때, 스쳐 지나가는 여자를 물끄러미 보고 있을 때가 있거든요. 몇 번이나 있었어요. 얼굴 생김새나 머리를 틀어올린 모양이나, 기모노 무늬 따위도 구멍이 뚫릴 만큼 쳐다본다고요. 그런 모습이 제게는 누군가를 찾고 있는 것처럼 보여요."

말을 끊고 큰아버지 부부를 올려다보니 두 사람은 극단적으로 다른 표정을 띠고 있었다. 모시치는 실실 웃고, 오사토는 그런 큰아버지를 곁눈질로 노려보고 있다.

먼저 입을 연 것은 오사토였다.

"신경 쓸 것 없다, 오토시. 네 지나친 생각이야."

"그럴까요……"

"그래. 그게 아니면 소키치 씨는 눈이 조금 근시인지도 모르지."

"여자를 볼 때만 근시인가?"

재미있다는 듯이 말하는 모시치의 등을 오사토가 철썩 때렸다.

"오오, 아파라. 여자는 무섭단 말이야."

그날 밤, 모시치는 오토시에게 꼭 자고 가라고 말했다.

"나는 지금부터 직무 때문에 잠깐 나가 봐야 한다. 오사토 혼자 있으면 불안할 테고, 너도 이런 시간에 혼자서 돌아가면 위험해. 자고 가야 한다, 알겠지?"

소키치 일로 놀림을 받아 토라져 있던 오토시는 그 말에 약간 거역하는 척을 했다.

"어머, 큰아버지, 오토시라면 요괴가 떼지어 덤벼들어도 괜찮다고 말씀하셨던 게 누구셨지요?"

모시치는 웃지 않았다. 주위에 신경을 쓰는 것처럼 목소리를 떨어뜨리며 말했다.

"가끔은 내 말도 진지하게 들어다오. 너도 '얼굴 베기'에 대해서는 알고 있을 게 아니냐."

오토시는 금방은 생각나는 게 없어서 모시치의 진지한 얼굴을 바라보고 있었다. 그리고 나서 "어머나" 하며 웃었다.

"알아요. 하지만 그건 이 근처에서 일어난 일이 아니잖아요. 게다가 이 혼조 후카가와에는 큰아버지가 계시는걸요. 그런 무서운 일이 일어나게 하지는 않으실 거지요?"

"나도 그럴 생각이긴 하다만——."

모시치가 말하는 '얼굴 베기'라는 것은 요즘 세상을 떠들썩하게 하고 있는 사건이었다. 만월 전후쯤, 밤이 되면 젊은 여자만을 노려 면도칼로 얼굴을 베고 다니는 자가 있다.

"이것만은 조심해서 나쁠 것 없다. 달님도 많이 둥글어졌고."

모시치의 말에 오토시는 격자창 너머로 하늘을 불쑥 올려다보았다. 가늘고 길쭉한 달걀 모양의 달이 코앞에 크게 보였다. 달님도 이쪽을 들여다보고 있는 것 같다고, 오토시는 생각했다.

바로 가까운 곳이니 괜찮을 텐데, 하면서도 결국 오토시는 자고 가기로 했다. 오사토와 질투에 대해서 찬찬히 이야기할 수도 있을 것이다.

3

한 번은 오사토의 위로를 받고 마음을 다잡은 오토시였지만, 그 후 얼마 안 되어 일은 더욱 나쁜 방향으로 흘러가기 시작했다.
오토시는 소키치가 혼자 살고 있는 뒷골목 집에 자주 드나들곤 한다. 청소나 빨래를 하고 밥을 짓고 물을 길으며 그가 돌아오기를 기다리는 것이다. 공동 주택에 사는 다른 사람들도 이미 오토시를 소키치의 아내로 취급하고 있어서 아무 말도 하지 않는다.
그렇게 기다리고 있는데 소키치가 돌아왔다. 상량식에서 술을 대접받았다고 한다. 해가 늦게 지는 여름철이지만 완전히 어두워져 있었다.
오토시는 달려갔다. 그리고 깨달았다.
소키치의 몸에서 가루분 향이 난다.
오토시의 것과는 다르다. 엄청나게 진한 향이다. 값비싼 것인 듯하다. 오토시는 코를 킁킁거리며 순간적으로 소키치를 밀쳐냈다. 그때는 이미 뒷머리를 다듬으면서 소키치의 등을 밀어 밖으로 내보내는 풍만한 여자의 얼굴이 머릿속에 떠오르고 있었다.
오토시는 부끄럽게도 큰 소리로 울기 시작했다. 소키치는 어리둥절한 얼굴이다.

"왜 그래?"

오토시는 흐느껴 울면서 외쳤다.

"뭐야, 그 가루분 냄새는!"

소키치는 허둥거렸다. 한텐의 가슴께를 붙잡아 끌어당기더니 코를 갖다 댄다. 그리고 바보처럼 정직하게 "야아, 이거 안 되겠는데" 하고 말했다.

오토시는 큰길로 달려나갔다. 앞치마를 벗어 구깃구깃하게 뭉쳐서 그것을 소키치에게 집어던지고는 "나, 죽어 버릴 거야!"라고 내뱉더니 달려갔다. 주저앉은 소키치가 "오토시!" 하고 부르고 있다.

집으로 돌아간 오토시는 꼼짝 않고 방에 틀어박힌 채 그냥 울기만 했다. 가끔 머리를 들고 귀를 기울인다. 소키치가 찾아온 기척은 없을까.

오토시의 집은 번성하고 있는 음식점이다. 항상 북적거리며 사람이 드나든다. 하지만 아무리 귀를 기울여 보아도 그중에 소키치의 발소리는 섞여 있지 않았다.

그날 밤에는 잠이 오질 않았다. 정말 질투로 불이 붙어 버릴 것만 같았다.

소키치 씨는 나를 쫓아오지 않았어, 라고 생각했다. 그것이 뭔가 오해라면 뒤를 쫓아와 이야기를 해 주었을 것이다. 나를 슬프게 하고 싶지 않다고 생각한다면 필사적으로 행동해 주었을 것이다. 그렇게 하지 않는 것을 보면 나 같은 건 어떻게 되든 상관없는 것이리라.

그렇게 생각하니, 뺨을 타고 흐른 짭짤한 눈물이 입술 끝에 고였다.

다음 날, 오토시는 아침에도 점심에도 밥을 먹지 않고 자리에만 누워 있었다. 어머니가 걱정하며 살피러 왔지만 건성으로 대답하고 쫓아냈다.

기다리고 있을 수는 없다. 기다리고 있으면 만나러 와 주지 않을 것이다. 역시 다시 한번 내 쪽에서 이야기를 하러 가자——하며 일어났을 때, 해는 이미 크게 서쪽으로 기울어 있었다.

땀에 흠뻑 젖고 틀어올린 오토시의 머리가 헝클어져 있었다. 질투의 형상이라고 생각했다.

지금 소키치가 어디에서 일하고 있는지는 모른다. 소방대장을 찾아가면 왜 그러느냐며 이유를 물을 것이다. 그를 부끄럽게 만들게 된다. 역시 그의 집에서 돌아오기를 기다릴 수밖에 없을 것 같다. 오토시의 발길은 후카가와로 향했다.

다테카와 강을 건넌다. 고개를 숙인 채 걸었다. 덜걱덜걱 소리가 나서 눈을 들어보니 약장수가 저울을 짊어지고 스쳐 지나간다. 목소리도 내지 않고 그냥 짊어지고 가는 모양새를 보면 이제 팔 약이 없어졌나 보다.

그러고 보니 오늘도 더웠다. 오토시는 생각난 듯이 이마의 땀을 닦았다.

그리고 처녀를 발견했다.

머리가 꽉 차 있어서 주위를 보고 있지 않았기 때문에, 오토시는 자신이 벌써 오나기가와 강의 다리 기슭까지 와 있음을 깨닫고 깜짝 놀랐다. 질투는 사람을 달리게 하나 보다.

그 처녀——이름이 뭐라고 했더라——그렇다, 오요시다. 목욕탕을 물려받게 될 아가씨.

오요시는 오나기가와 강의 다리 위에 서 있었다. 난간에 팔꿈치를 올려놓고 강 수면을 아득하게 바라보고 있다.

오토시는 천천히 다리에 올라 오요시 뒤를 지나쳐 가려 했다. 오요시가 무언가 중얼중얼 지껄이고 있는 소리가 들린다.

오요시는 모시치의 집에서 털어놓는 것만으로는 모자라, 역시 이런 바깥 장소에서도 머리에 떠오른 것을 아무렇게나 이야기하고 있는 것이다. 오토시는 그녀 쪽으로 머리를 기울여 중얼거리는 소리를 들으려고 했다.

"——모두들, 전부 그렇다니까. 나 같은 건 모를 거라고 생각하고 바보 취급하고 있는 거야. 하지만 나는——."

거기에서 오요시는 뒤를 빙글 돌아보았다. 오토시는 바늘에 찔린 것처럼 펄쩍 뛰었다.

"안녕하세요."

멍청하지만 그 말밖에 떠오르지 않아서 오토시는 정신없이 말했다.

오요시는 물끄러미 이쪽을 보고 있다. 겁많은 동물을 연상시키는 작은 눈이 이리저리 움직이고, 가끔 혀끝이 살짝 나와 입술을 적신다. 오요시의 몸에서는 시큼한 땀냄새가 났다.

"당신, 축제 음악 들었어요?"

오요시가 갑자기 말했다. 오토시는 알아듣지 못했다.

"예? 뭐라고요?"

"축제 음악 말이에요." 오요시는 되풀이한다.

"그놈들이 하고 있는 거예요. 시끄러워서 못 살겠어. 하지만 나한테는 똑똑히 들린다니까요."

뜻을 알 수 없는 말이긴 하지만 그래도 제대로 들리지 않으면 시끄럽다는 생각도 안 들 텐데, 하고 오토시는 생각했다. 하지만 지금은 가만히 놔두는 게 좋을 것 같다.

"속이려고 해도 소용없어요. 나는 듣고 있으니까. 날 바보로 생각한다는 건 알고 있어요."

오요시는 말한다. 몹시 화가 나 있지만 분노의 대상은 아무래도 이 근처에 있지는 않은 것 같았다. 오요시의 분노에는, 내리는 비를 보며 어린아이가 불평을 하는 듯한 철없는 울림이 있었다.

저녁 강바람이 한번 불어 지나가고, 오토시는 '아아, 기분 좋다' 하고 생각했다. 목덜미가 선선해졌다.

"나는 이만 가야 해요."

특별히 오요시에게 양해를 구해야 할 이유도 없었지만 오토시는 작게 그렇게 말하고 나서 걸음을 옮겼다. 오요시는 강 쪽을 향해 우두커니 서 있다.

"축제 음악."

화내고 있는 오요시 너머로 화난 듯한 저녁노을이 퍼져가기 시작했다. 저녁노을에게 들려주듯이 그녀는 큰 소리로 말했다.

"남자는 모두 축제 음악이야."

오토시는 흠칫 놀라며 걸음을 멈추었다. 어깨 너머로 슬쩍 돌아보니 오요시는 아직도 당당히 서 있었다.

"모──두 알고 있어." 그 여자는 다시 한번 말했다.

오토시는 생각했다. 이대로 여기에 내버려두어도 안 될 것 같으니 데리고 돌아갈까. 해가 지려면 아직 시간이 있지만 이런 아가씨를 혼자 내버려두고 가자니 내키지가 않는다.

게다가 오토시는 문득 이 가엾은 여자에게 마음이 움직였다.

오요시는 분명히 미쳤다. 그것은 오토시도 똑똑히 알 수 있었다. 하지만 왜 그녀가 그렇게 되어 버렸는지는 큰아버지 모시치도 이야기해 주지 않았다. 거기까지는 모르는지도 모른다. 오요시도 이야기하지 않았을 것이다.

하지만 지금은 이야기하고 있다. '남자는 모두 축제 음악이야'라는 말에서, 오토시는 오요시의 배신당한 영혼을 발견한 듯한 기분이 들었다.

'축제 음악'이란 혼조의 일곱 가지 불가사의 중 하나다. 밤중에 문득 깨어나 보면 어디에선가 북이며 피리 소리가 들려온다. 멀리서 들리는가 하면 가까워지고, 가까운가 하면 멀어진다. 아무리 해도 장소를 알 수가 없다.

그리고 아침에 일어나 살펴보아도 밤중에 그런 음악을 연주했던 집이라곤 없다. 그런 이야기다.

오요시의 '남자는 모두 축제 음악이야'라는 말에, 오토시는 생각했던 것이다. 사람을 놀리는 것 같은 즐거운 음악 소리는 무엇을 생각하고 있는지 알 수 없는, 사랑하는 상대와 똑같다고.

오요시도 그것 때문에 괴로운 기분을 맛본 적이 있는지 모른다.

―아마 멀고도 먼 짝사랑일 거야.

하지만 괴로운 마음임에는 변함이 없다.

그것이 슬플 만큼 자신과 비슷하다는 생각도 든다.

오토시는 오요시에게 다가가 다리 난간에 팔을 올려놓고 나란히 섰다. 오요시는 발치에 떨어진 돌멩이를 보듯 오토시를 보았다.

"잠깐, 축제 음악 이야기를 하지 않을래요?"

오토시가 웃는 얼굴로 말하자 오요시는 고개를 돌렸다. 그리고 날카롭게 말했다.

"당신도 축제 음악이잖아."

4

그것을 끝으로 오요시는 말을 하지 않았고, 오토시는 잠자코 어깨를 나란히 한 채 강의 흐름을 들여다보았다. 지나가는 사람들은 사이좋은 처녀 둘이 생각에 잠겨 있다고 생각했을 것이다.

물의 빛깔이 점차 어두워진다. 싸늘하게 보인다. 올려다보니 하늘도 엷은 먹을 흘린 것 같은 색깔로 물들고, 그것을 비추어 내는 강의 색깔이 또 어둡게 가라앉아 간다.

저녁노을은 이미 아주 높은 곳에서 선녀가 가볍게 나부끼는 옷소매 같은 구름이 되고 말았다. 오가는 사람들의 수도 부쩍 적어졌다.

그러고 보니 오늘 밤은 만월이다.

―얼굴 베기…….

가늘게 썬 무 같은 달이 어둑어둑해진 저녁 하늘에 떠 있다. 큰일이다. 큰아버지도 조심하라고 말씀하셨고, 등롱도 없으니 슬슬 돌아가야지.

나는 무엇을 하러 다테카와 강을 건너왔을까, 하고 생각하면서 오토시는 오요시의 소매를 잡아당겼다.

"오요시 씨, 돌아가요. 늦으면 모두들 걱정할 거예요."

오요시는 움직이지 않는다. 참을성 있게 몇 번이나 말을 걸어 겨우 이쪽을 돌아보게 했을 즈음에는, 다리 위가 완전히 어두워져 있었다.

"자, 돌아가지요."

오토시는 미소를 지으며 오요시의 손을 잡으려고 했다.

그때.

은밀하게 스스슥 하는 소리가 들렸다. 등 뒤에서 다가온다. 어두컴컴한 어둠 속에서, 그것은 종이뱀이 기어오는 소리처럼 들렸다.

옷이 스치는 소리였다. 오토시 뒤에서 한 남자가 다가왔다. 그것을 알아차린 그녀는 돌아보았고, 오요시는 "히에에" 하는 소리를 냈다.

오토시는 난폭하게 어깨를 잡는 손길을 느꼈다. 그 손이 몸을 돌려세웠다. 가느다란 은빛 물고기가 물속에서 몸을 뒤집는 모습처럼 번쩍이는 금속이 눈에 들어왔다. 오토시는 비명을 질렀다.

오요시는 탄탄한 몸으로 돌진해 왔다. 그녀는 도망치지 않았다. 오토시의 몸을 밀쳐내고는 남자에게 몸을 힘껏 부딪친다.

"축제 음악이야, 알고 있어!"

오요시는 외친다. 엉덩방아를 찧은 남자는 날카롭게 갈린 면도칼을 손에 들고 입을 벌린 채 오요시를 올려다보고 있다.

그때 호각 소리가 들려왔다. 오토시는 머리가 어질어질해서 양손으로 얼굴을 덮었다.

"오토시, 오요시! 다친 데는 없느냐?"

모시치의 목소리였다. 이제 두 번 다시 들을 수 없을지도 모른다고 생각했던 목소리다. 오토시는 버둥거리다시피 하며 일어나서, 달려온 큰아버지의 팔에 매달렸다.

모시치는 혼자가 아니었다. 남자가 세 명. 오토시가 모르는 얼굴뿐이지만 아마 모시치가 부리는 젊은이들일 것이다. 면도칼을 들고 오토시를 덮쳤던 남자를 밧줄로 둘둘 감고 있는 참이다.

"정말 담대한 놈이로군. 하필이면 오토시 아가씨의 얼굴을 베려고 하다니."

"얼굴을 벤다고요?"

오토시는 저도 모르게 두 뺨을 눌렀다.

"어떻게 된 거예요, 큰아버지? 이놈이 얼굴을 베고 다니던 범인인가요?"

모시치는 주저앉아 있는 오요시 옆에 무릎을 꿇고 있었다. 오요시는 마음만 먼 곳으로 가 버린 것처럼 누구의 눈도 보지 않고 목소리도 듣지 않은 채 다리 반대쪽을 바라보고 있다.

모시치는 다시 오토시를 돌아보더니 부축하듯이 손을 잡았다.

"그래. 천벌받을 놈이지."

밧줄에 묶인 남자를 내려다본다.

"이 바보 녀석이 이런 짓을 시작한 것은 반년쯤 전부터다. 처음에는, 장소가 아자부였지."

면도칼을 잃은 남자는 빈약한 턱을 얇은 가슴에 갖다붙이다시피 하며 몸을 움츠리고 있다.

"다음 만월 때는, 요쓰야에 나타났어. 다음은 스루가다이였다. 점점 동쪽으로 움직이고 있었던 거야. 그 사이에 처녀를 덮쳤지만 소란이 일어나 실패한 적도 있는데, 그 일이 있었던 곳도 포함해서 이어 보아도 확실히 동쪽으로 움직이고 있었다."

뭐랄까, 성실하다면 성실하지 않은가.

오토시는 남자의 작은 눈을 들여다보았다. 빛깔이 엷고, 어디를 보고 있는지 확실치 않은 눈이다. 오요시 씨와 똑같은 걸까 하고 생각했다. 오요시가 나름대로 일관되게 미친 것과 비슷하게, 이 남자도 나름대로 자신의 논리를 가지고 있는 것인지도 모른다.

그렇게 생각하니 오히려 무서워졌다.

"지난 만월 때 결국 오카와 강을 넘어 료고쿠에서 한 명을 베었지. 그렇게 되면 이번 만월 때는 반드시 혼조 후카가와 쪽으로 건너올 거라고 짐작하고 있었기 때문에 이렇게 잠복을 하고 있었단다. 하지만 소동이 일어나면 곤란하니 이 일은 덮어두었지."

"거기에 어슬렁어슬렁 나타난 거예요. 하지만 다른 오캇피키에게서는 도망칠 수 있어도 대장님에게서는 도망칠 수 없다는 말이지요."

부하 젊은이가 코를 벌름거리며 말한다. 오토시는 그제야 두근거리던 가슴이 진정되기 시작했다.

그러자 자신들에게서 조금 떨어진 곳에 우두커니 서 있는 한 여자가 눈에 들어왔다. 수건으로 얼굴을 완전히 덮고 있는데, 새빨간 연지를 바른 입술과 시원스럽게 뻗은 코가 엿보인다. 수건 끝을 입술로 누르고 있다.

어디선가 본 적이 있는 사람이라고 생각했다. 좋은 옷을 입고 있다. 맞춰 입은 것인지도 모른다. 연한 붉은색이 하얀 뺨과 잘 어우러지는 모습을 보면.

하지만 어깨가 꽤 탄탄한 것 같다. 목도 굵은 것 같은. 그렇다, 여자치고는.

오토시의 시선을 쫓고 있던 모시치는 장난을 자백하듯이 말했다.

"얼굴을 베고 다니는 이 녀석을 끌어내기 위해서는 미끼가 필요했어. 하지만 말이다, 오토시. 진짜 젊은 아가씨를 쓸 수는 없지 않느냐. 그렇다고 우리 애들한테 시키자니 여자 차림을 해 봐야 그냥 기분만 나쁠 뿐이고. 그래서 머리를 쥐어짜, 저 녀석에게 부탁하기로 했다. 옷을 바꾸고 화장을 하면 충분히 젊은 처녀로 보이는, 하지만 여차할 때에는 제대로 자신을 지킬 수 있을 만큼 날래고 몸놀림이 좋은 남자니까. 그래서 저 녀석을 데리고 달이 둥글어져 가는 동안 매일 밤 돌아다니고 있었던 거지."

모시치는 곤란한 듯이 머리를 긁적인다.

"미안하구나. 네가 질투하고 있다는 이야기를 듣고 미안하다고 생각하긴 했다. 마음속으로는 두 손 모아 빌고 있었어."

그렇게 말하면서도 얼굴은 웃고 있다.

"이 녀석은 정말 성실한 놈이야. 겉모습뿐만 아니라 서 있는 자세나 행동거지도 젊은 아가씨로 보이지 않으면 곤란하다면서……. 그래서 스쳐 지나가는 아가씨들을 뚫어져라 쳐다보기도 했겠지. 용서해 줘라, 오토시."

아무 말도 없이 바라보고 있는 오토시 앞에서 그 '여자'가 물고 있던 수건을 놓았다.

"오토시, 미안해." 소키치가 말했다. "이런 차림새라서."

그래서 가루분 향기가 났던 것이다――오토시는 정신을 잃었다.

5

오토시가 정신을 차린 곳은 모시치의 집 안방에서였다. 비가 샌 얼룩이 있는 천장을 올려다보고 있자니 오사토가 들여다보았다.

"아아, 다행이다. 정신이 들었구나."

오토시는 일어나자마자 제일 먼저 "소키치 씨는?" 하고 물었다. 오사토는 웃음을 터뜨렸다.

"지금 우리 바깥양반이랑 같이 파수막에 가 있어. 옷을 제대로 갈아입고 가루분도 지우지 않으면 돌아올 수 없잖니."

그 말에 겨우 진정이 되었다. 그러면 오나기가 강 다리에서 있었던 일은 꿈이 아니었던 것이다.

"오요시 씨는 어떻게 하고 있나요?"

"그 처녀는 여태까지랑 똑같아."

잠시 후 모시치가 돌아왔다. 소키치도 함께였다.

"두 사람의 이야기는 둘이서 해라." 모시치는 선뜻 말했다. 튼튼한 이를 드러내며 웃는다.

"방해는 하지 않으마. 얼굴을 베고 다니던 놈은 붙잡았으니 밤길을 다녀도 무섭지는 않을 테고."

소키치는 말없이 오토시의 얼굴을 보았다. 오토시는 그에게 웃음을 지으며,

"나, 알고 싶은 게 있어요."

"뭐지?" 모시치가 대답했다.

"그 얼굴을 베고 다니던 남자는 어째서 그런 짓을 했지요?"

"못생긴 얼굴이 싫다면서 여자가 자신을 버렸대." 소키치가 대답했다.

진지한 얼굴이다.

"가엾게도 그것 때문에 머리가 이상해져서 여자가 미워 견딜 수 없게 되었어. 남자도 버림을 받으면 무서운 법이야, 오토시."

태연하게 말한다. 모시치 부부가 큰 소리로 웃음을 터뜨리고, 오토시가 허둥거리고 있자니 소키치도 웃기 시작했다. 오토시는 분위기에 맞추듯이 살짝 얼굴을 누그러뜨리고 나서 소키치의 팔꿈치를 꼬집었다.

"그것뿐만이 아니야."

모두들 웃음을 그치기를 기다려 오토시는 말을 이었다.

"오요시 씨에 대해서도 모르겠어. 그 아가씨, '축제 음악 들었어?'라고 했단 말이야. '당신도 축제 음악이잖아'라는 말도 했어. 얼굴을 베고 다니는 남자에게서 날 구해주었을 때도 그렇게 말했

어……. 무슨 뜻일까."

 모시치는 무더운 밤에는 이것이 좋다며, 방금 끓인 뜨거운 보리차를 마시고 있다. 땀을 흘리며 얼굴을 찌푸리고. 하지만 이야기를 시작하자 더욱 엄격한 얼굴이 되었다.

 "오요시라는 아가씨는 더없이 성실한 처녀였지만 그것이 오히려 좋지 않았는지도 모르지. 그렇게 되어 버린 것은 혼담이 깨졌기 때문이었다."

 오요시의 부모님 말로는, 처음에 그것은 좋은 혼담으로 보였다고 한다. 니혼바시 도리초의 잡곡 가게 후계자로 풍채가 좋은 남자였다. 오요시는 그에게 열중해 있었고 그쪽에서도 오요시의 똑똑하고 밝은 면을 마음에 들어해서 이야기는 순조롭게 진행되었다.

 그것이 깨진 이유는 상대 남자가 갑자기 사랑에 빠졌기 때문이다. 물론 상대는 오요시가 아니었다.

 "미안합니다." 남자는 다다미에 손을 짚었다. "이럴 바에는 좀 더 일찍 확실하게 말씀드렸으면 좋았을 것을. 저는 처음부터 오요시 씨에게는 아무래도 성에 차지 않는 데가 있었습니다. 뭐라고 할까……. 저는 오요시 씨가 예쁘다는 생각이 들지 않아서——."

 "너무하네요. 남자가 너무했어요."

 오토시는 그렇게 치부하고 나서 자신도 언젠가 '오요시는 상속을 받지 않으면 시집갈 데가 없을 것이다'라는 말을 했던 기억을 떠올렸다. 부끄러워져서 모시치의 시선을 피했다.

 "오요시의 혼담은 이미 공공연한 이야기가 되어 있었기 때문에, 이런 식으로 깨진 것은 진흙덩어리를 맞은 것과 마찬가지였다."

모시치는 머리를 흔들었다.

"그렇지 않아도 오요시는 어릴 때부터 예쁜 언니들과 비교를 당하며 쓸쓸한 기분을 맛보아 온 아가씨야. 남자의 말은 큰 충격이었겠지……. 그 후부터였다. 조금씩 상태가 이상해져 갔지. 모두들 자신의 얼굴을 손가락질하며 웃고 있다고 생각하게 되었어. 그리고 그런 말을 한 사람은 모두 죽여 버리겠다고 결심하고──."

"하지만 죽인 것은 머릿속에서뿐이었지요. 말로만 죽인 거예요."

오토시는 오요시의 침착한 옆얼굴을 떠올렸다.

"정말로 손을 써서 남을 해치는 일까지는 할 수 없었던 거지요."

소키치의 말에 모시치는 깊이 고개를 끄덕였다.

"그래서 나는 오요시는 좋아지지 않을까 하는 생각이 든다. 타고난 상냥한 심성까지는 잃지 않았다는 말이니까."

"저를 구해주었을 때의 일은?"

오사토가 '괜찮지요?'라는 얼굴로 모시치를 보고 나서 말했다.

"그것은──오요시 씨가 말이다, 그 얼굴을 베고 다니던 남자가 오토시가 아니라 자신의 얼굴을 베러 온 줄 알고 한 짓인가 봐. 파수막에서도 그렇게 말했다더구나. 그렇지요, 여보?"

모두가 내 얼굴을 손가락질하며 웃고 있다. 그런 더러운 얼굴은 필요없다며 베러 올 것이다.

오토시는 눈을 감았다.

축제 음악. 밤중에 잠에서 깨었을 때 어디에선가 들려오는 시끌벅적한 피리나 북소리. 어디의 누가 소리를 내고 있는지 알 수 없지만 분명히 귀에 들린다. 멀어졌다, 가까워졌다 하면서.

오요시는 그 축제 음악에 자신을 비웃는 목소리를 겹쳐 듣고 있었다.

"당신도 축제 음악이잖아."

미친 머릿속에서, 아무런 맥락도 없이 누구에게나 던져지던 말. 그러나 오토시를 향해 던져졌을 때는, 그것은 슬플 만큼 옳았다. 그녀도 장지문 그늘에서 오요시를 비웃은 적이 있으니.

"미안해요." 오토시는 중얼거리며 손으로 두 눈을 눌렀다.

귓속에서 희미하게 피리와 북소리가 들려오는 기분이 들었다.

여섯 번째 불가사의

발 씻는 저택

혼조 미카사초의 한 무사의 저택에서 매일 밤 추심시가 되면 저택 전체가 삐걱거리는 소리가 나고 이윽고 천장을 부수며 거대한 발이 뚫고 내려온다. 이 발은 심하게 더럽혀져 있는데, 천장 위쪽에서 "씻어라, 씻어라"하는 소리가 들려온다. 명령대로 깨끗하게 발을 씻어 주면 발은 고분고분 물러나지만 다음 날 축시시가 되면 다시 똑같은 일이 일어난다. 몹시 난감해진 이 무사가 저택을 바꾸려고 하니 피현상은 뚝 그쳤다.

1

　새어머니는 아름다웠다.
　처음 만났을 때 이후로, 오미요는 새어머니에게 매료되고 말았다. 하얀 목덜미. 날씬한 자태. 작고 붉은 입술은 연지를 바르기 위해서만 존재하는 것 같다. 낭창낭창한 손은 선명한 색깔의 고소데소맷부리가 좁고 옷자락을 앞에서 교차시켜 여미는 의복를 꿰매거나 객실에 장식할 꽃을 꽃꽂이하는 등, 이 세상에 있는 아름다운 것을 다루기 위해서만 존재하는 듯 보인다.
　어머니는 어쩌면 저렇게 예쁠까. 오미요의 마음에는 늘 그 생각밖에 없었다.
　오미요를 낳은 친어머니는 그녀가 철이 들었을 무렵에 이미 돌아가시고 안 계셨다. 얼굴도 구체적으로는 기억나지 않는다. 하지만 가게에서 일하는 사람들이 말하는 것을 엿듣고 있노라면, 성품은 몹시 상냥했지만 미모가 그리 뛰어난 사람은 아니었다는 사실을 알 수 있다.
　"저기, 우리 어머니랑 지금 어머니랑, 어느 쪽이 더 예뻐?"
　오미요가 물으면 가게 사람들은 잠시 생각하듯이 뜸을 들이고 나서 "옛날 안주인도 몹시 아름다우셨습니다. 비교할 수는 없어요"라고 대답한다. 하지만 그들이 하나같이 '잠시 생각한다'는 데에서 오미요는 진실을 보고 있다.
　어른들은 뭔가 확실하게 말하기 어려우면 그것을 보이지 않는 비단에 두른 뒤 입 밖에 내기 위해, 잠시 뜸을 들인다.

"나도 지금 어머니처럼 예뻐질 수 있을까?"

그렇게 물으면 이번에는 모두들 달려들기라도 할 듯이 대답한다.

"그야 물론, 아가씨도 상당한 미인이 되실 겁니다."

그 재빠른 대답에서 오미요는 또 다른 진실을 본다.

어른들은 어린아이의 마음에 상처를 주지 않기 위해 말을 얼버무리려고 할 때, 생각 없이 말하는 게 아닌가 싶을 만큼 재빠르게 대답해 준다.

오미요는 손거울을 본다. 물웅덩이를 본다. 다비쇼 다리 위에서 요코짓켄가와 강의 수면을 내려다본다. 거기에 비치는 평범한 둥근 얼굴, 약간 처진 눈썹, 작은 눈과 오므라진 입은 아무리 보아도 아버지 조베에게 물려받은 것이다.

―나와 지금의 어머니는 피가 섞이지 않았으니까.

오미요는 작은 손으로 뺨을 누르며 한숨을 쉰다.

―아아, 어째서 나는 지금 어머니 같은 하얀 피부가 아닐까. 왜 갸름한 턱을 갖고 있지 않을까. 그대로 장식물로 만들 수 있을 만큼 맑은 눈동자를 갖고 있지 않은 걸까.

그렇게 생각하면서 손거울을 들여다보고 있는 오미요의 머리를 새어머니의 손이 상냥하게 쓰다듬는다.

"세상에, 또 거울을 보고 있구나. 그렇게 걱정하지 않아도 오미요는 시집갈 때가 되면 우리 동네의 고마치_{절세의 미녀로 알려진 헤이안 시대의 여류 가인}가 될 게 틀림없어."

오미요는 새어머니를 올려다보며 생긋 웃는다. 새어머니의 입술에서 새어나오는 말이라면 거짓말조차 아름답다.

오미요가 태어나고 자란 오노야는 가메이도 신사 근처에 있는 아담한 음식점이다. 음식도 일류지만 자리가 좋은 탓도 있어 단골손님이 많다. 덴만구 신사에 매화나 등나무, 싸리의 계절이 오면, 활짝 핀 꽃을 바라보며 술잔을 나누려는 남자들로 가게는 매우 북적거린다. 일하는 사람들은 하루 종일 제대로 밥을 먹을 시간도 없을 만큼 바빠지는 것이다.

"고마운 일이 아니냐." 오미요의 아버지이자 오노야의 주인인 조베에는 말한다.

"다른 사람들은 즐기고 있는데 나는 일만 하고 있다는 식으로 생각해선 안 돼. 일을 하게 해 주시는구나, 하고 생각해야지. 세상이 태평하고 덴만구의 꽃이 매년 흐드러지게 피어 주기 때문에, 우리 가게는 지탱해 나갈 수 있으니까."

조베에는 만사에 '고맙다'고 말하는 사람이었다. 비가 내려도 고맙다. 해가 쨍쨍 해도 고맙다. 오미요가 부뚜막에 머리를 부딪쳐 큰 혹을 달게 되었을 때도,

"혹 정도로 끝났으니 다행이다. 큰 재난이 작은 재난으로 끝났다고 생각하렴. 고마운 일이 아니냐."

라는 식이었다.

오노야는 가게는 작지만 이름난 음식점이다. 본래는 조베에의 아버지가 부엌칼 하나와 자신의 실력만으로 일으킨 가게다. 아버지는 아무리 좋은 평판이 나고 손님이 넘쳐나게 되어도 가게를 크게 만

들려고 하지는 않았다. 몸집이 커지면 반드시 어딘가에 빈틈이 생긴다. 주인의 눈이 구석구석까지 닿지 않을 만큼 가게를 넓히게 되면 반드시 언젠가는 그 빈틈 때문에 처음 일으켰을 때보다도 가게를 줄여야 할 때가 온다——그것이 신념이었기 때문이다.

그러나 얄궂게도 그만한 실력을 갖고 있던 아버지의 외아들 조베에게는 요리사로서의 재능이 부족했다. 아버지에게도 꽤 엄하게 배우고 여기저기 다른 음식점의 조리장에 수업도 나갔으나 그 결과 자신은 도저히 아버지의 뒤를 이을 그릇이 못 된다는 사실을 알았을 때, 조베에는 집을 나가려고 했다.

아버지는 그것을 말리며 조베에에게 이렇게 타일렀다.

"오노야의 눈이 되어라. 혀가 되어라."

아버지는 오노야의 부엌을 맡을 수 있는 훌륭한 조리사를 두 명 키웠다. 그들을 부리고, 그들이 마음껏 실력을 발휘할 수 있는 '그릇'을 만드는 일을 조베에의 역할로 삼았다.

조베에는 그 가르침을 지키며 오노야를 꾸려 왔다. 재작년 봄에는 간다의 다초에 작은 분점도 냈다. 배달도 시작했고, 료고쿠의 강 열음여름에 그해의 강놀이가 시작되는 것을 축하하는 행사 때는 불꽃놀이 배에 반드시 오노야의 요리를 싣고 싶다는 손님들의 주문을 처리하기 위해 가게 사람들은 밤하늘을 올려다볼 시간도 없을 만큼 이리 뛰고 저리 뛰었다.

두 개의 가게 외에 몇 군데 지점을 갖게 되기도 했다. 평소의 운영은 관리인에게 맡기고 있지만 그곳에서 나오는 매상을 안배하는 것은 조베에 혼자 하는 일이다. 오노야의 부엌에서 안심하고 재료에 공을 들이고 그릇을 고르고 술을 꼼꼼하게 맛보아 내놓을 수 있는 것도 이렇게 다른 곳에서 들어오는 수입이 있기 때문이라고, 조베에는 가게 사람들에게 말해 주곤 한다.

"고마운 일이야" 하고.

그런 조베에에게도 '고맙다'고 말하며 웃어넘길 수 없었던 일이 딱 하나 있다. 그것이 오미요를 낳은 친어머니의 병사였다.

처음에는 대수롭지 않은 고뿔 같았다고 한다. 그 무렵에는 오미요도 젖을 뗀 참이라 하녀의 손에 맡겨 두지 못할 것도 없었으므로, 마침 잘되었다, 이삼 일 푹 쉬면 나을 테지, 하고 조베에는 생각했다. 정말로 그렇게 심각해질 거라는 생각은 들지 않았다.

그런데 어이없게 세상을 뜨고 말았다. 칠 년 전의 일이다.

허둥지둥 달려온 의원은 '심장이 약했나 보다'고 뒤늦게나마 진단을 했지만 이미 늦어도 한참 늦은 일이었다.

이 일에서만은 조베에도, 아무리 머리를 쥐어짜도 '고마운' 점을 찾아낼 수 없었을 것이다. 남들이 물으면 "애초에 수명이 그랬겠지요. 고통스러워하지 않고 갔으니 고마운 일입니다"라고 대답하고는 있지만, 옆에서 보고 있는 가게 사람들은 그럴 때의 그의 눈이 그늘에 내버려져 있는 물통 속의 물처럼 흐릿하고 어둡게 가라앉아 있는 것을 알 수 있다.

그 후로 조베에는 후처도 들이지 않고 장사에 정성을 쏟으며 오미요를 잘 키우는 일에만 마음을 기울여 왔다. 자신은 술도 즐기지 않고 요시와라에는 발길도 돌리지 않는다. 즐거움이라면 가끔 오미요를 데리고 연일에 서는 장에 나가거나, 아침에 마당으로 날아오는 참새들에게 좁쌀을 던져 주며 길들이는 일 정도다.

그런 조베에가 사랑을 하게 되었다. 아마 죽은 아내에게조차 품은 적이 없었을 연심을 품고 말았다.

그 상대가 지금의 아내, 오미요의 새어머니인 오시즈다.

오시즈는 올해 스물넷, 조베에와는 한참이나 나이가 차이 난다. 출신이 확실한 여자도 아니다. 본래는 덴만구 경내의 찻집에서 일하는 모습을 조베에가 보고 첫눈에 반한 것이 시작이었으니. 그것이 반년쯤 전의 일이다.

처음에 가게 사람들은 모두 조베에에게 뒤늦게 봄이 찾아온 데 편치 못한 기분을 느끼고 있었다. 찻집에서 일하는 여자들이 좋지 않다는 말은 아니다. 재치 있고 야무진 사람도 있다. 하지만 오노야의 안주인이 되려면 역시 그에 상응하는 품격이 있는 여자가 아니면 곤란하다.

"무엇보다 친지도 없는 외톨이라는 점이 좋지 않습니다."

그렇게 말하며 눈썹을 찌푸린 것은 하녀 우두머리인 오카쓰였다. 자신도 서른이 넘은 몸으로 혼자 북향의 작은 방을 하나 받아 살고 있으며, 집안의 일을 도맡아 하고 있다. 그녀에게는 조베에도 머리를 들지 못하게 하는 면이 있었다.

"외톨이는 말이지요, 저도 그렇지만 멋대로 구는 데 익숙하거든요. 이곳 안주인이 될 사람은 이렇게 많은 사람들을 통솔해야 합니다. 밀거나 당기거나, 야단치거나 칭찬하거나, 그렇게, 사람을 부린다는 어려운 일을 시켜야 하는데, 오랫동안 자신의 몸 하나만 건사하면 되는 데 익숙해진 사람을 데려온다는 것은, 저는 반대예요."

오미요는 오카쓰가 입을 삐죽거리며 그렇게 하는 말을 들은 적이 있다.

오미요에게도 오카쓰는 무서운 사람이다. 오카쓰 씨가 저렇게 말하니, 아버지가 아무리 오시즈 씨라는 사람이 마음에 든다 해도 이 집에 맞아들일 수는 없겠구나, 하고 오미요는 생각했다.

하지만 조베에는 진심이었다. 그렇게 선선히 포기하지도 않았다.

적당한 사람을 내세워 오시즈와 이야기를 진행하고, 그녀의 마음이 이쪽을 향하고 있다는 사실을 알자 조베에는 뛸 듯이 기뻐했다. 오시즈에게는 어떤 어려운 일도 뛰어넘어 당신을 오노야에 맞아들이겠다고 맹세하고, 가게 사람들에게도 자신은 굳은 마음으로 이 혼담을 진행할 생각이라고 이야기했다.

"오시즈가 안주인이 되어 마음에 들지 않는 사람은 솔직하게 말해 주게. 그만둬도 좋으니. 물론 그 뒤에 일할 곳도 주선해 주겠네. 수당도 주지. 오시즈가 마음에 들지 않는 사람을 오노야에 있게 할 수는 없어."

이 말에는 가게 사람들도 오미요도 놀랐다. 오노야의 운영에 관련된 일 이외에 이렇게 강하게 자신의 마음을 관철하려고 노력하는 조베에의 모습을 본 것은 이것이 처음이었기 때문이다.

"늦게 걸린 홍역이 무서운 법이지요."

오카쓰는 떨떠름한 얼굴로 말했다.

그러나——.

나리가 그렇게까지 말한다면 어쩔 수 없다——는 정도의 기분이었던 가게 사람들도, 조베에에게 이끌려 처음 오노야를 찾아온 오시즈의 모습을 보았을 때는 햇살 아래의 사탕처럼 꽤나 말랑말랑해지고 말았다. 아니, 녹아 버린 사람마저 있다.

오미요도 그중 한 사람이었다.

오시즈는 아름답다. 상냥하다. 수줍게 웃으면 소녀처럼 순진하고 사랑스럽다. 그러면서도 행동거지에는 차분함이 있다. 목소리는 달콤하고 온화하지만 결코 경박하지는 않다. 옷차림은 소박하지만 띠도 기모노도 단정하게 갖춰 입고 있고, 새것은 아닌 것 같은데도 버선 바닥은 새하얗다.

"나리가 열중하시는 것도 뭐, 무리는 아니로군."

부엌에서 그런 목소리가 나더니 순식간에 가게 안 전체가 새로운 안주인을 맞이하기에 어울리는 흥겨운 분위기가 되었다. 오미요도 마음이 들떴다.

그때도 혼자서만 무뚝뚝한 얼굴을 하고 아궁이에 장작을 던져 넣고 있던 오카쓰는 끝내 조촐한 혼인식에 나온 술에도 손을 대지 않았다. 오미요는 이상한 기분이 들었다.

요란한 혼인은 하지 않았으나 조촐한 혼인식 때는 오시즈의 단 하나뿐인 친척이라는 이사지라는 남자가 찾아왔다. 사촌에 해당한다고 하는데 원예 직인이라고 한다. 늘씬하고 풍채가 좋은 남자로, 나이는 오시즈보다 조금 젊지만 세상 물정을 잘 아는 듯하고 붙임성이 좋았다. 그는 오시즈의 행복에 기뻐하며 조베에게 머리를 숙여 인사하고, 축하주로 얼굴이 새빨개져서는 돌아갔다.

"왠지 마음에 들지 않아." 오카쓰는 그에 대해서도 불평을 했다.

"저렇게 손이 깨끗한 원예 직인이 어디 있나?"

오카쓰 씨는 오시즈 씨에 관련된 일은 무엇이든 마음에 들지 않는 것이다. 틀림없이 질투하는 거라고, 오미요는 납득했다.

오시즈는 곧 오노야에 익숙해졌다. 집안일도 가게 일도 깜짝 놀랄 만큼 배우는 속도가 빠르고 한번 배운 것을 잊지 않는다. 직접 부엌에 서서 밥을 짓고 된장국을 끓인다. 조베에의 옷을 꿰매고 그와 함께 마당의 참새를 귀여워해 준다. 밤에는 오미요를 재워 주고 아침에는 깨우러 와 준다.

어머니를 모르는 오미요에게는 모든 것이 꿈만 같았다. 오시즈 옆에 있으면 오색구름을 밟고 있는 것 같았다.

"저는 아무래도 마음에 들지 않습니다."

아직도 그런 말을 하고 있는 오카쓰와는 말도 섞지 않기로 결심했다. 우리 새어머니를 나쁘게 말하는 사람은 절대로 용서하지 않을 거야. 나는 새어머니가 참 좋아. 이 세상에서 제일 좋아.

오미요의 그런 마음을 알고 있는지 오시즈는 친어머니처럼 오미요를 귀여워해 주었다. 함께 목욕을 하고, 한 접시에 음식을 먹고, 때로는 한 침상에서 자며 밤늦게까지 소곤소곤 이야기를 나누었다. 대체 무엇을 하고 있느냐며 조베에가 장지 그늘에서 엿보고 있자, 오시즈는 명랑하게 "오늘 밤은 오미요와 잘 거예요" 하며 소녀처럼 소리 내어 웃기도 했다.

이 세상에 이렇게 즐거운 생활이 있을까 하고 오미요는 생각한다. 뺨을 꼬집어 볼 때도 있다. 슬픈 듯 쓸쓸한 기분이 드는 때는 거울을 보고 자신의 얼굴이 오시즈와는 전혀 닮지 않았다는 것을 새삼 깨닫는 순간뿐…….

그런 생활에도 작은 그림자가 드리우기 시작했다. 덴만구 경내의 매화 꽃봉오리가 슬슬 피기 시작하려는 무렵, 오미요는 그것을 깨달았다.

2

한밤중――.

아침이 이른 오노야에서는 밤이면 모두들 깊이 잠들어 기침 소리 하나 들리지 않는다. 오노야에서 먹고 자면서 일하는 사람은 열 명 정도 되지만 심하게 코를 골거나 이를 가는 버릇이 있는 자는 없는지, 밤은 항상 평온하고 조용하게 지나간다.

하지만 막 절분이 지난 그날 밤늦게, 그런 정적 속에 갑자기 여자의 비명이 울려퍼졌다. 되풀이하고 또 되풀이해서 목이 찢어질 듯 비명을 지르는 목소리는 분명히 오시즈다.

오미요는 벌떡 일어났지만 너무 무서운 나머지 한동안 그 자리에서 움직일 수가 없었다. 숨이 막히고 손이 떨렸다.

어머니. 어머니에게 무슨 일이 있었던 것일까?

복도를 달려가는 발소리가 들리고, 그제야 겨우 오미요도 잠자리에서 빠져나갈 용기를 낼 수 있었다. 장지를 열고 뛰어나가자 마침 오카쓰가 촛대를 한 손에 들고 성큼성큼 복도를 걸어 다가오는 참이었다.

"아가씨는 이불 속에 들어가 계세요."

무뚝뚝하게 내뱉고 오미요를 방으로 밀어넣더니 장지를 꼭 닫아 버린다. 오미요는 볼멘 얼굴을 하며 다시 한번 복도로 나갔다.

이번에도 한 하녀가 말리는 바람에 부모님이 있는 침실로 가까이 갈 수는 없었다. 띄엄띄엄 오시즈의 작은 목소리와 조베에의 이야기 소리가 들려올 뿐.

이윽고 기름 연기를 올리는 촛대를 들고 오카쓰가 돌아왔다. 검은 연기 너머로 보는 그녀의 얼굴은 왠지 몹시 굳어 있었다.

"마님은 꿈을 꾸셨답니다."

오카쓰는 단호한 말투로 말했다.

"나쁜 꿈을 꾸고 저도 모르게 소리를 지르시고 말았다고 합니다. 걱정하실 필요는 없어요."

"어떤 꿈?"

어머니가 그렇게 무서워하는 꿈이란 어떤 것일까? 어떻게 하면 쫓아 드릴 수 있을까. 오미요는 그렇게 생각했다.

"모릅니다." 오카쓰는 대답했다.

"그보다 아가씨도 빨리 주무셔야지요. 이런 시각에 깨어 있으면 이상한 것을 보게 됩니다. 보세요, 저기."

오카쓰의 위협에 오미요는 침상으로 뛰어들었다. 정말이지 심술궂다니까.

다음 날, 오미요는 아침부터 바쁘게 일하는 오시즈의 모습을 살피며 어떻게든 기회를 만들어 새어머니의 소매를 잡았다.

"왜 그러니?"

오시즈는 별반 이상한 기색도 없었고 오늘도 몹시 예뻤다. 오미요가 속으로 어머니에게 제일 잘 어울린다고 생각하고 있는 잇꽃 색깔의 기모노를 입고 있었다.

안색만 조금 새파란 것 같다.

오미요는 어젯밤의 꿈에 대해서 물었다. 무엇이 그렇게 어머니를 무섭게 했어요?

"세상에." 오시즈는 몸을 굽히고 오미요의 어깨에 양손을 올려놓았다.

"오미요에게 그런 걱정을 끼치고 있었구나. 미안하다."

"괜찮아요. 나는 어머니를 좋아하는걸요."

무심코 입을 뚫고 나온 말에, 오미요의 얼굴은 뒤늦게 빨개졌다.

오시즈는 한동안 미소를 지으며 오미요의 얼굴을 바라보았다. 이윽고 "고맙다" 하고 말했다. 오미요의 귀에 불이 붙었다.

"어머니가 꾸는 꿈은 아주 무섭나요? 요괴가 나오나요? 누군가에게 쫓기거나 그러나요?"

오시즈는 고개를 저었다.

"아니, 그런 건 아니야. 무서운 것이 나오지는 않는단다. 다만——."

오시즈는 연못의 밑바닥까지 들여다보는 듯한 눈을 했다.

"옛날 일이 생각나. 꿈속에서는 옛날로, 아주 가난하고 배가 고파 견딜 수 없었던 시절로 돌아가고 마는 거야."

"어머니에게 그런 때가 있었어요?"

"그래, 있었단다. 오미요는 모를 테고, 그 편이 좋아. 그런 기분을 맛볼 바에는 죽는 편이 낫거든."

오시즈는 오미요의 뺨을 살짝 어루만지며 "이제 걱정하지 마"라는 말을 남기고 방을 나갔다. 그 뒤에는 좋은 향이 남았다. 소매 속에 향 자루를 넣어둔 것이다.

오시즈의 꿈에 대해서 더 자세히 가르쳐 준 사람은 아버지 조베에였다.

오시즈는 그렇게 말했지만, 오미요는 새어머니가 옛날에 한 고생에 대해서 알고 싶었다. 어머니는 어떤 괴로운 일을 당해 온 것일까. 그렇게 예쁘고 상냥한 사람인데.

조베에는 오미요가 새어머니를 깊이 걱정하는 모습에 마음이 움직인 것 같았다. 눈을 가늘게 뜨며 턱을 어루만지고 나서 이야기해 주었다.

오시즈는 이타바시에서 태어났다. 여관 마을 변두리에 있는 작은 땜장이의 딸로, 위로 다섯이나 남매가 있어 생활은 항상 빠듯했다고 한다. 쌀도, 된장이나 간장도 한꺼번에 사둘 수 없어서 항상 아슬아슬하게 필요한 만큼만 마련해 가까스로 그날그날 살아가는——생활이었다고 한다.

"네 새어머니는 너보다도 어릴 때부터 여기저기에서 일을 했다는구나. 땔감을 줍거나 낙엽을 쓸거나 물을 긷거나, 어린아이의 힘으로 할 수 있는 일은 무엇이든지 했다. 하지만 그중에서도 가장 좋은 돈벌이는 여인숙에서 하는 허드렛일이었다고 한다."

허드렛일이라고 해도 어린아이가 할 수 있는 일은 뻔하다. 오시즈가 한 일은 여인숙에 도착한 손님들의 진흙과 먼지로 더러워진 발을 통에 길어온 물로 깨끗하게 씻는 일이었다.

"이타바시의 여관은 북적거리는 곳이야. 사람의 왕래가 많고 여인숙에는 많은 손님들이 묵지. 네 어머니는 그런 손님들의 발을 매일매일 씻었다. 열 명을 씻으면 저녁밥을 먹을 수 있었어. 스무 명을 씻으면 내일도 그곳에서 일을 할 수 있었다. 굶주리고 싶지 않다, 오직 그것만을 위해서 오시즈는 차가운 바닥에 쪼그리고 앉아 다른 사람의 발을 씻었어."

오시즈는 지금도 가끔 그 무렵의 꿈을 꾼다고 한다. 씻어도 씻어도 진흙투성이의 더러운 발이 눈앞에 내밀어진다. 배고프고 춥고 몸이 힘들어도 물통에 더운 물을 길어다가 발을 씻어 주어야 한다. 도망치려고 물통을 내던지고 달리기 시작하면 많은 발소리가 쫓아온다.

씻어라──씻어라──씻어라──하고 웅얼거리면서.

"무서운 꿈이네요."

오미요는 몸을 떨었다. 어머니는 얼마나 가엾은 사람이었던가.

"네게는 그런 기분을 맛보게 하지 않을 거야."

조베에는 상냥하게 말하며 딸의 작은 손등을 가볍게 두드렸다.

"안심해라. 네게도 오시즈에게도, 내일 먹고살기가 불안하다는 생각은 절대로 들게 하지 않을 테니."

아버지의 말에 오미요는 조금 안도했다.

그날 밤, 저녁 식사를 마치고 살며시 오시즈 옆으로 다가가 "어머니" 하고 불렀다.

"할 이야기가 있어요."

오시즈는 오미요가 사용하는 작은 방까지 따라왔다. 방 한구석에 오시즈가 만들어 준 작은 공이 떨어져 있다. 사방등에 불을 켜고 그 공을 무릎에 안은 채, 오미요는 목소리를 낮추었다.

"어머니의 꿈에 대해서 아버지한테 들었어요."

오시즈는 가느다란 눈썹을 모으며 곤란한 듯이 웃었다.

"어머나, 부끄럽게."

"부끄럽지 않아요. 나, 어머니는 대단한 사람이라는 걸 잘 알게 되었어요. 많은 고생을 하셨는걸요. 나 같은 건 아무것도 하지 않았는데……."

오시즈는 웃었다.

"하지 않아도 되는 고생이라면 안 하는 게 좋아. 오미요 너는 그런 생각은 하지 않아도 된단다."

오미요는 새어머니의 손을 잡았다.

"아주 옛날에, 오카쓰 씨가 가르쳐 준 건데……."

오카쓰의 이름을 꺼내자 온화한 새어머니의 표정이 살짝 흐려지고 만다. 두 사람은 마음이 맞지 않는 것이리라. 오미요는 허둥지둥 말을 이었다.

"혼조에는 일곱 가지 불가사의라는 게 있어요. 어머니, 아세요?"

두고 가 해자나 외잎 갈대, 잎이 지지 않는 모밀잣밤나무━━.

"그중에 '발 씻는 저택'이라는 게 있어요."

한밤중에 어느 저택의 방에서 사람이 자고 있으면 천장을 부수며 커다랗고 더러운 발이 내려와 "씻어라, 씻어라" 하고 명령한다. 그것을 깨끗하고 꼼꼼하게 씻어 주면 복이 오고, 대충 씻으면 좋지 않은 일이 일어난다━━는 이야기다.

"저기, 어머니. 어머니는 어릴 때 더러운 발을 많이 씻었지요? 꼼꼼하고 깨끗하게 씻어 주셨지요? 그러니까 많은 복이 온 거예요. 그러니까 앞으로는 좋은 일들만 많이 있을 거예요. 또 발을 씻는 꿈을 꾸면, 그렇게 생각하면 돼요. 아아, 이건 행복이 올 징조다, 하고요."

오시즈는 약간 눈을 크게 떴다가 표정을 크게 무너뜨렸다.

"오미요도 참······."

새어머니는 사방등의 빛에서 얼굴을 돌리고 살며시 소매로 얼굴을 누르고 있다. 오미요는 그 모습이 정말로 아름답다고 생각했다.

그 후로 한동안은, 오시즈가 꿈에 시달리는 일은 더 이상 없었다. 오미요는 자랑스러웠다. 자신이 한 말에 조금은 효험이 있었는지도 모른다.

하지만 그와 교대하듯이 이상한 것을 깨달았다.

친어머니를 닮았는지 조금 몸이 약한 오미요는 낮동안 혼자서 지내는 일이 많다. 거문고를 배우러 갈 때와 오카쓰의 지시에 따라 집안일을 거들 때 이외에는 대개 안채 방에 있다. 오시즈에게 배운 방법으로 바느질 연습을 하거나, 어깨 너머로 본 것을 흉내 내어 꽃꽂이를 해 보곤 한다.

안채에는 정원이 있고, 잘 손질된 생울타리 너머로 좁은 골목길을 한눈에 볼 수 있다.

그 골목길에 젊은 처녀가 혼자 우두커니 서서 왠지 오노야의 안채 쪽을 살피고 있는 것 같았다.

색깔이 바랜 기모노에 얇은 띠를 매고 있고 가루분도 연지도 바르지 않아 눈에 띄지 않는 처녀다. 어딘가의 고용살이 일꾼처럼 보이기도 하지만 그런 것치고는 대낮부터 골목길에 서서 질리지도 않고 남의 집을 바라보고 있을 시간이 있다는 사실이 납득이 안 된다.

그 처녀는 오미요가 그녀를 알아차리고 주의를 기울이자 전처럼 당당하게 나타나지는 않았다. 생울타리 밑에 가만히 몸을 숨기고 있을 때도 있다. 생울타리 바로 맞은편에 뭔가 밝게 빛나 '무엇일까?' 하며 다가가 보니, 거기 숨어 있던 처녀의 머리카락에 꽂힌 비녀였다——그런 일도 있어서 몹시 놀랐던 것이다.

그때, 처녀는 오미요가 가까이 다가가자 부리나케 달아나고 말았다.

무슨 목적으로 저렇게 숨어 있을까? 우리 집의 무엇을——누구를 보고 있는 것일까?

오미요는 매일 그것을 생각하며 지냈다. 어른들에게도 이 이야기를 해 보았지만 흥미를 보인 것은 오시즈뿐이었다.

오시즈만은 함께 안방에 있으면서 그 처녀가 나타나기를 기다려 주기까지 했다.

"으스스하네." 진지한 얼굴을 하고 말했다.

"대체 무엇을 노리는 걸까?"

그 젊은 처녀는 오미요와 오시즈가 둘이서 있을 때에는 나타나지 않았다. 오시즈는 몇 번인가 시험해 보았지만 아무래도 젊은 처녀의 모습을 볼 수 없자 이렇게 말했다.

"오미요의 생각이 지나친 것은 아닐까?"

"아니, 그렇지 않아요. 분명히 보았는걸요."

그 처녀는 내게만 볼일이 있는 것일까…….

이상한 일이었다. 전혀 본 적이 없는 얼굴이고, 무엇보다도 정말 용무가 있다면 진작 말을 걸어오는 게 좋지 않은가.

이번에 나타나면 꼭 붙잡아 이야기를 시켜 보자. 오미요는 그렇게 결심했다.

하지만 그 일만 생각하고 있을 수는 없었다. 그날 밤, 또 한밤중에, 이번에는 조베에의 몸에 이변이 일어났기 때문이다.

3

사람을 부르는 오시즈의 목소리가 들려왔을 때, 오미요는 또 어머니가 나쁜 꿈을 꾸었는 줄 알았다. 하지만 자세히 귀를 기울여 보니 오시즈의 목소리는 "나리가, 나리가!"라고 외치고 있다.

오미요는 벌떡 일어나서 복도로 뛰어나가다가 옷자락을 걷어붙이고 달려가는 오카쓰와 하마터면 부딪칠 뻔했다.

그때도 오미요는 부모님의 침실에 가까이 가는 것은 허락되지 않았기 때문에 자세한 사정을 알기 위해서는 아침까지 기다려야만 했다.

이야기해 준 사람은 오카쓰였다. 그녀는 엄한 얼굴을 하고 눈가에 험악한 주름을 짓고 있었다. 커다란 솥에 물을 끓이면서 피어오르는 김 너머를 살피는 눈빛을 하고 있었다.

"밤중에 갑자기 가슴이 아파 왔다고 하시더군요."

"아버지가?"

오미요는 무서워졌다. 얼굴을 모르는 친어머니도 심장이 좋지 않아 돌아가셨다. 아버지도 똑같이 되어 버리는 걸까 하는 생각이 들고 말았다.

"그런 얼굴 하지 마세요, 아가씨. 나리는 괜찮습니다. 어젯밤에도 금세 좋아지셨으니까요."

"그럼 어째서 나를 만나게 해 주지 않았어?"

"마님이." 오카쓰는 얼굴을 찌푸렸다.

"아가씨를 겁먹게 해서는 안 된다며 말리셨어요. 나리의 얼굴은 분명히 새파랬거든요."

오카쓰는 입 속으로 뭔가 중얼중얼 덧붙였지만 오미요에게는 똑똑히 들리지 않았다.

"뭐라고 했어?"

"아무것도 아닙니다."

부엌에서 쫓겨난 오미요는 무엇인가 석연치 않은 기분으로 우두커니 혼자가 되었다.

만약을 위해서라며 그날 오후에 단골 의원이 불려와 조베의 상태를 보아 주고 갔다. 딱히 걱정할 것은 없다고 해서 모두들 안도하며 가슴을 쓸어내리고, 내내 곁에 붙어 있던 오시즈도 그제야 침실에서 나와 오미요와 얼굴을 마주했다.

"많이 놀랐지. 미안하다."

오시즈가 상냥하게 쓰다듬고 안아 주어서 오미요는 겨우 정신이 드는 기분이었다. 오시즈에게 이끌려 침실에 가서, 침상 위에 일어나 앉아 죽을 먹고 있는 조베에의 얼굴을 보았을 때는 조금 울고 싶어지고 말았다.
"그냥 좀 피곤해서 그런가 보다."
조베에는 오미요의 머리를 쓰다듬으며 웃었다.
"별일 아니다. 울지 마라, 울지 마."
오미요는 손바닥으로 얼굴을 닦고 아버지의 둥근 얼굴을 올려다보았다. 기분 탓인지 조금 늙어 버린 것처럼 보인다.
"아버지도 나쁜 꿈을 꾸었어요? 그래서 괴로워졌어요?"
"글쎄다. 왠지 숨이 막히고 괴로워서, 그래서 잠에서 깨었지."
"누군가 목이라도 조른 것 같은 얼굴이셨어요."
어깨를 살짝 떨며 오시즈가 작게 덧붙였다.
"무서웠어요. 그것이 주박이라는 것일까요?"
"그럴지도 모르지."
조베에는 고개를 갸웃거린다.
"요즘 바빠서 부처님 공양을 소홀히 하고 있었는지도 모르겠군. 매일 아침마다 절은 하고 있지만 마음이 담겨 있지 않으면 아무것도 되지 않으니 말이오. 그것 때문에 벌을 받은 건가?"
지금 보고 있자니 아버지는 완전히 기운을 되찾은 것 같다. 그뿐만 아니라 이런 기쁜 말도 꺼내 주셨다.
"이런 일이 있었기 때문에 하는 말은 아니지만, 전부터 미루고 미뤄 온 이세 참배를 올해는 가 볼까. 이구사야 주인 부부가 언젠가 꼭 같이 가자고 권하고 있거든. 평생에 한 번인 일이지만 오시즈를 맞아들이기도 했고, 오미요도 이제 물정을 알 나이가 되었으니 큰 맘 먹고 가 볼까."

저렇게 아버지가 부드러워진다면 가끔은 조금——아주 조금만 몸이 안 좋아져도 좋겠다. 오미요는 그렇게 생각하면서 자기 방으로 돌아갔다. 어젯밤에는 그다지 푹 자지 못했기 때문에 졸음도 몰려온다. 오카쓰에게 들키면 야단을 맞을지도 모르지만 조금만 눕자고 생각했다.

장지를 열고 햇빛이 가득 넘쳐나는 방에 발을 들여놓았을 때, 또 그 처녀가 생울타리 너머에 서 있는 것을 깨달았다.

또 물끄러미 이쪽을 보고 있다. 가볍게 고개를 갸웃거리며 오미요의 눈동자를 똑바로 응시한 채 시선을 떼려고도 하지 않는다.

오미요는 거의 아무것도 생각하지 않은 채 물었다.

"누구세요?"

처녀는 대답하지 않는다. 눈조차 깜박이지 않는다.

오미요는 툇마루로 나갔다. 처녀는 움직이지 않는다. 도망치려고도 하지 않고, 그렇다고 해서 가까이 다가오지도 않는다. 그저 물끄러미 바라보고 있다. 살아 있는 인형 같다.

오미요는 숨을 꿀꺽 삼키면서 그 자리에서 소리를 질렀다.

"어머니! 와 보세요."

몇 번이나 되풀이해서 그렇게 부르는 사이에도 처녀는 꼼짝도 하지 않았다. 그 모습이 오미요에게는 무언가를 기다리고 있는 것처럼 느껴졌다.

이윽고 흐트러진 발소리가 복도를 따라 다가오더니 잡아뜯겨질 기세로 장지문이 열렸다. 앞장서서 방에 뛰어 들어온 사람은 오카쓰였고, 그녀를 바로 뒤따라 오미요의 이름을 부르면서 오시즈가 뛰어 들어왔다.

오미요는 긴장하면서 몸을 돌리고는 말없이 생울타리 너머를 가리켰다.

"보세요, 착각이 아니었지요."

오미요는 오시즈 옆으로 다가가 팔에 매달리면서 속삭였다.

"무엇을 물어도 대답을 하지 않아요. 저렇게 잠자코 서 있을 뿐이에요."

오카쓰가 앞으로 나서서 커다란 손을 허리에 대고 오미요를 꾸짖을 때 같은 목소리를 냈다.

"당신, 이 오노야에 무슨 용무지?"

처녀는 잠자코 있다. 완고하게 닫힌 입술은 버드나무 잎처럼 얇다.

처녀는 이제 단 한 사람의 인물만을 바라보고 있었다. 오시즈다.

오미요는 그것을 알아차리자 살그머니 새어머니의 얼굴을 올려다보았다. 아까부터 계속 오시즈가 손을 마주 잡아 주지 않는 것에도 희미한 불안을 느끼고 있었다.

오시즈는 처녀의 얼굴을 응시한 채 돌이 되어 버렸다. 표정이 없는 두 개의 살아 있는 인형이 소리 없는 대화를 나누기 위해 생울타리와 정원을 사이에 두고 마주 보고 있다……

부수수한 눈썹을 찌푸리면서 오카쓰가 두 사람을 번갈아 바라보고 있다. 이윽고 오시즈에게 말을 걸었다.

"마님, 왜 그러십니까?"

오시즈는 찬물을 뒤집어쓴 듯 흠칫하며 제정신으로 돌아왔다.

"어머나." 오미요의 손을 꼭 잡고는 심약한 웃음을 지었다.

"깜짝 놀라서. 저 아가씨, 정말 무슨 용무가 있을까?"

오카쓰는 노려보는 눈으로 오시즈를 바라보고 나서 갑자기 몸을 돌리더니 생울타리 너머에 있는 처녀에게 소리를 질렀다.

"이봐, 당신. 용무가 있으면 빨리 말해요. 없으면 냉큼 다른 데로 가고. 꾸물거리고 있으면 소금을 뿌릴 거야."

그때 처음으로 처녀의 표정이 움직였다. 그 여자는 천천히 눈을 깜박이더니 가느다란 턱을 들고 오시즈를 올려다보고는 한마디 한마디 자르듯이 이렇게 말했다.

"가까운 시일 안에, 틀림없이, 불행이."

방에 있는 세 사람이 그 말의 뜻을 파악하기 전에 빙글 등을 돌려 달려가고 말았다.

틀림없이, 불행이.

오미요를 잡고 있는 오시즈의 손이 몹시 차갑고, 떨고 있었다.

4

그날 이후로 오미요는 마치 새장 속의 새와 같은 나날을 보내게 되었다.

"기분 나쁘구나. 저 아가씨. 오미요에게 무슨 짓을 할지 알 수가 없어."

오시즈가 몹시 무서워해서, 한시도 오미요를 혼자 두려고 하지 않는다. 낮에는 눈이 닿는 곳에 두고 밤에는 옆에 이불을 깔아 재운다. 오미요가 쓰던 안쪽 방은 마치 열리지 않는 문처럼 꼭 닫혀 있었다.

복잡한 얼굴을 하고 있는 것은 오카쓰도 마찬가지였다. 그 처녀가 남기고 간 불길한 말은 그녀의 튼튼한 몸속 깊은 곳에 숨겨져 있는, 어지간한 일에는 꿈쩍도 하지 않는 영혼에도 으스스한 떨림을 일으킨 모양이다. 오카쓰도 시종 오미요가 어디에 있는지 신경을 쓰며, 다음번에 그 처녀가 나타나면 붙잡아서 파수막으로 끌고 가겠다는 난폭한 말을 한다.

그런 일을 며칠이나 계속하다 보니 오미요는 답답해지기 시작했다. 측간에도 혼자서 가게 해 주지 않으니 갑갑해서 살 수가 없다.

게다가 그 후로 처녀는 전혀 모습을 보이지 않게 되었다. 별로 대단한 일도 아니다. 머리가 조금 이상한 처녀가 우연히 정원 끝에 나타났을 뿐인지도 모른다고 가볍게 생각하게 되었다.

하지만 오시즈는 좀처럼 그렇게 마음을 정리할 수가 없는지, 조베에가 달래는 말도 듣지 않고 그 후로 몇 번인가 잘 알아맞힌다고 평판이 높은 점쟁이를 찾아가 보겠다며 이른 아침부터 외출하곤 했다. 돌아올 때는 이미 저녁 시간이었는데 부부가 쓰는 장롱의 위치를 바꾸는 게 좋다는 말을 들었다는 둥, 불단을 한층 더 큰 것으로 만들자는 둥 여러 가지 이야기를 꺼내 조베에를 걱정시켰다. 오카쓰는 그런 오시즈에게 눈을 흘기곤 했다.

오미요와 다른 두 사람이 수상한 처녀를 발견한 지 정확하게 열

흘째, 조베에가 또 밤중에 가위에 눌려 격렬한 고통을 호소하는 일이 일어났다.

오시즈 옆에서 자고 있던 오미요는 그녀가 오카쓰를 부르는 소리에 잠에서 깨어, 얼굴이 창백해지고 목에 손을 댄 채 숨을 들이마시고는 격렬하게 기침을 하고 있는 아버지의 모습을 보고 벌벌 떨었다.

오시즈도 부들부들 떨면서 베갯맡에 놓여 있는 물병에서 물을 따라 조베에게 먹이려고 하고 있다. 오시즈가 지나치게 떠는 바람에 물병의 물은 오미요가 자기 전에 보았을 때보다 꽤 많이 줄어 있었다. 그 대신 조베에의 베개 주위나 다다미 위가 축축하게 젖어 있었다.

―틀림없이, 불행이.

처녀의 그 말이 오미요의 귓속에서 울렸다.

잠자리가 좋지 않은 것 같다는 오카쓰의 생각으로, 다음 날부터 조베에와 오시즈는 다른 방에서 자게 되었다. 오시즈는 강한 목소리로 오미요도 같은 방에서 자야 한다고 말했지만 거기에는 오카쓰가 반대했다.

"그러면 만일 또 나리의 상태가 나빠졌을 때 아가씨가 무서워하시게 될 겁니다."

그렇다면 오미요는 원래의 방으로 돌아가고 싶었다. 으스스할 것도 없다. 평소에 늘 쓰던 익숙한 방이다. 오카쓰에게 그렇게 이야기하자, "또 그 여자가 모습을 나타내면 당장 소리를 질러 마님과 저를 부르셔야 합니다. 아시겠지요?" 하고 못을 박은 후에 허락해 주었다.

오시즈는 불안해 보였지만 오미요는 새어머니를 안심시키려고 갖은 말로 약속을 했다.

"게다가 어머니는 아버지 일만으로도 힘들 테니까 너무 그렇게 고민하시면 안 돼요. 나는 무서운 것 없으니까요. 도깨비나 요괴가 나오는 것도 아니고. 그냥 여자인걸요."

하지만 그렇게 웃으며 보증한 그날 밤, 오미요는 덧문을 닫으려다가 그 처녀가 또 생울타리 너머에 서 있는 것을 발견했다.

처녀는 또 말했다.

"틀림없이, 불행이."

오미요는 소리를 질러 집안사람들을 불렀다. 그와 동시에 생울타리 너머의 처녀는 도망치기 시작했다. 도깨비에게 쫓기기라도 하는 것 같은 기세로, 뒤를 돌아보지도 않는다. 순간적인 일이라 무서운 줄도 모르게 된 오미요는 맨발로 정원에 뛰어내려 생울타리를 타넘고 처녀의 뒤를 쫓아갔다.

불빛을 들고 있지 않은데도 처녀는 좁은 골목길이나 샛길을 망설이지도 않고 빠져나간다. 초승달의 약한 빛에 얼핏얼핏 떠오르는 처녀의 희끄무레한 기모노 게다시기모노용 속옷의 일종에 의지해, 가끔 고꾸라지거나 손을 짚으면서 오미요는 필사적으로 쫓았다.

덴만구 뒤쪽에 있는 숲 속에서 결국 따돌려지고 말았을 때에는 분해서 발을 구르며 소리 내어 처녀를 욕했다.

"이런 빌어먹을!"

크게 소리를 질러 용기를 토해내 버렸는지, 갑자기 마음이 불안해졌다. 오미요는 맨발을 질질 끌면서 추위에 몸을 움츠리고 울상을 지었다.

오노야 방향에서 등롱의 불빛이 몇 개 움직이고 사람의 목소리가 난다. 모두들 그 처녀를, 그리고 오미요를 찾고 있다. 아아, 다행이다, 하며 걸음을 빨리했을 때 덤불 속에서 불쑥 뻗어나온 팔에 덥석 붙잡히고 말았다.

"쉬잇. 조용히." 그 누군가는 속삭였다. 조베에와 비슷한 나이의 남자 목소리였다.

"착하지. 잠시만 얌전히 있어 주겠니? 귀를 잘 기울이고 들어 보아라."

오미요가 목소리를 낼 수 없도록 입을 막고 있다. 오미요는 영문을 모른 채 눈을 깜박거렸다. 그러다가 남자가 "들어 보아라"라고 한 말의 뜻을 알게 되었다.

바로 가까운 곳에서 사람 소리가 난다.

두 명이다. 여자. 한 사람은——.

—어머니다.

오시즈는 낮은 목소리를 내고 있었다. 지금까지 오미요가 들은 적이 없는 느낌의 목소리를.

"얼마를 원해?"

믿을 수가 없었다. 오시즈가 저렇게 난폭하게 말하다니. 오카쓰가 장난으로 어머니 흉내를 내고 있는 것이 아닐까.

"얼마나 갖고 있지?"

그렇게 대답한 사람은——확실하게는 알 수 없지만 아무래도 그 처녀인 것 같았다.
"틀림없이, 불행이"라는 말을 남기고 간 그 목소리.
"빨리 해. 가게 사람들이 당신이랑 아가씨를 찾고 있어. 들키면 곤란하잖아?"
"이렇게 눈에 띄는 위험한 방식을 선택한 건 당신 쪽이잖아."
오시즈는 타박하듯이 격하게 말한다.
"좀더 몰래——."
처녀는 비웃었다.
"몰래 당신만 불러냈다가 이사지에게 살해되기라도 하면 큰일이거든. 이렇게 소동을 일으키는 편이 훨씬 안심이 되니까."
오시즈는 소맷자락 속을 뒤지는 것 같았다.
"지금은 이것밖에……."
오시즈가 내민 물건을 그 처녀가 낚아채는 기척이 났다.
"겨우 스무 냥이야? 뭐, 없는 것보다는 낫겠지."
웃는 처녀에게 오시즈가 증오스럽다는 듯이 말했다.
"정말로 나에 대해서는 입 다물어 주는 거지?"
"당신이 약속을 지킨다면."
"꼭 지키겠어. 돈이라면 원하는 대로 줄게. 어차피 오노야에도 오래 있을 생각은 없어."
오래 있을 생각은 없다? 오미요는 귀를 의심했다.
"이제 곧 원하는 만큼 돈이 손에 들어올 거야. 그러면 더 이상 그런 생활을 참을 필요도 없으니까."

상대방 처녀가 목소리를 낮추었다.

"언제 할 거지?"

"가까운 시일 안에." 오시즈가 대답한다.

"어떻게? 지난번 미노야의 주인 때와 똑같은 수법으로 죽일 거야?"

"그래. 별것도 아니지. 적신 종이를 얼굴에 붙이기만 하면——."

오시즈가 그렇게 대답했을 때 오미요를 안고 있던 남자가 일어섰다. 그 외에도 덤불을 부스럭거리며 눈매가 날카로운 남자 두 명이 어둠 속에 스윽 버티고 섰다.

"여어, 오시즈. 좋은 이야기를 들려주더군."

오미요를 안고 있던 남자는 걸걸한 목소리로 그렇게 말했다. 얼굴은 웃고 있었지만 눈은 날카로웠다.

"그렇게 당황한 얼굴 하지 말게. 소개가 늦었는데, 나는 에코인의 모시치. 혼조 후카가와 일대를 맡아 쇼군의 명을 받들고 있는 사람일세."

에코인의 모시치. 오미요는 들어 본 적이 없는 이름이었다.

"이봐, 오시즈. 욕심을 부리면 안 되지. 돈 좀 있고 나이 많은 남자의 후처로 들어가서 남자를 죽이고 의지할 데 없는 과부가 되어 놓고, 사촌이라는 말을 퍼뜨려 둔 이사지를 끌어들여 재산을 몽땅 차지해서는 사라져 버린다. 그런 방법은 한 번 썼으면 충분해. 가와사키의 오쿠로야에서, 시나가와의 미노야에서 두 번 연달아 일이 잘 풀린 것도 횡재란 말이야. 어째서 거기서 그만두지 않았나, 응?"

오미요 앞에서 오시즈는 달빛에 물든 것처럼 창백해진다.

"여기 있는 오신은 말일세." 모시치는 처녀를 가리켰다.

"굶어죽을 뻔한 것을 미노야의 주인이 주워다가 이렇게 키워 준 아가씨일세. 미노야 주인이 그렇게 갑자기 죽고 말았을 때, 아무래도 납득이 가지 않아 계속 자네를 의심하고 있었지. 그런 마음을 부처님은 다 꿰뚫어 보신 걸세. 시나가와에서 심부름으로 우연히 다리를 건너 가메이도에 왔다가, 유명하다는 음식점의 가게 앞을 슬쩍 들여다보니 꿈에도 잊은 적이 없는 자네의 얼굴이 생글생글 웃고 있었다는 거야. 하늘의 도우심은 이런 것이지, 오시즈."

오시즈는 대답하지 않는다. 숨조차 쉬지 않는 것처럼 보인다. 오미요는 견딜 수 없게 되어 외쳤다.

"어머니!"

오시즈의 머리가 천천히 이쪽을 돌아보았다. 검은 눈동자가 오미요를 알아보았다. 그녀는 핏기가 가신 얼굴을 일그러뜨리며 말했다.

"나는 네 어머니가 아니야."

오미요가 천천히 땅바닥에 주저앉았을 때, 오시즈는 실에 당겨진 듯 뒤로 쓰러졌다.

"미안하게 되었네. 좀더 일찍 이야기해야 했지만, 어쨌거나 결정적인 증거가 없었거든."

모시치는 오노야의 방에서, 완전히 안색이 창백해진 조베와 오카쓰의 팔에 안긴 오미요를 앞에 두고 이야기를 해 주었다.

"그 처녀, 오신이 나를 찾아왔을 때 나도 금방 진심으로 대하지는 않았네. 자세히 조사해 보지 않으면 움직일 수 없었지. 오신의 착각일 수도 있으니까."

하지만 시나가와로, 가와사키로 사람을 보내어 조사해 나가다 보니, 양쪽 가게 모두 주인이 죽은 방식도 이상하고 두 가게에 후처로 들어온 여자의 얼굴 생김새나 키, 몸집이 매우 흡사했다. 이름은 다르지만 사촌 동생이 있다는 사실도 똑같다.

"큰 가게를 노리면 주인이 묘하게 죽었을 때 쓸데없는 소동을 일으키게 되지. 하지만 오노야 정도 규모의 가게이면서 기실 돈은 잔뜩 가지고 있는 곳이라면 절호의 봉이었던 셈이야. 오쿠로야도 미노야도 딱 비슷한 가게였네."

"제가 잠들어 있다가 숨이 막혔던 것은." 조베에는 목을 문지르면서 신음하듯이 말했다.

"적신 종이가 얼굴에 붙어 있었기 때문이군요."

모시치는 씁쓸한 얼굴을 했다.

"그렇다네. 몇 번인가 그런 짓을 되풀이하다가 마지막에는 숨이 멈출 때까지 종이를 눌러 죽여 버리면, 아무도 이상하게 생각하지는 않을 게 아닌가? '아아, 그러고 보니 나리께는 요즘 자주 비슷한 일이 있었습니다. 심장이 약해지신 걸까요……'가 되는 걸세."

그럴 것이다. 실제로 오미요의 친어머니처럼 그런 병으로 죽는 사람도 있으니까.

"점쟁이에게 점을 보고 오겠다며 외출했던 것도 이사지를 만나 자세한 상의를 하기 위해서였겠군요."

입버릇인 '고맙다'는 말도 하지 못하는 조베에의 한탄에 모시치는 뒤통수를 긁적이며 고개를 끄덕였다.

"오노야 주인이 갖고 있는 가게 중 어디를 받을까 하는 것까지 이야기하고 있었던 모양이야."

"그렇다 해도 오시즈는 왜 이런 짓을——아니, 진짜 이름은 오시즈가 아니겠군요. 무엇일까?"

"나, 듣고 싶지 않아요." 오미요는 말했다.

모시치 대장은 곤란한 듯이 콧등을 문지르고 있다가, 이윽고 품속에 손을 넣은 채 몸을 내밀더니 오미요의 얼굴을 들여다보며 이렇게 말했다.

"애야, 오미요. 어른 중에는 가끔 이런 짓을 하는 자가 있다. 오시즈 씨에 대해서 네가 모르게 놓아 둘 수도 있었지만, 하지만 말이다, 그러면 오히려 괴로울 게 아니냐. 너는 오시즈 씨를 좋아했으니까."

오미요의 뺨에 짭짤한 눈물이 흘러 떨어졌다.

"오시즈는 너와 아버지에게 거짓말을 해 온 여자다. 이제 잊으렴. 세상에는 좋은 사람들이 많이 있단다. 오시즈는 우연히 뽑은 재수 없는 패였을 뿐이야."

잠시 울고 난 오미요는 겨우 목소리를 낼 수 있었다.

"대장님."

"왜 그러느냐."

"어머니에게——오시즈 씨에게 물어봐 주세요. 내가 알고 싶어 하더라고. 그 꿈——그 나쁜 꿈 이야기는 사실이었느냐고."

며칠 후, 에코인의 모시치는 오시즈의 대답을 가져왔다.

"정말이라고 하더구나."

무릎 위에 올려놓은 양손에 멍하니 시선을 떨어뜨리고 있는 조베에와, 그런 아버지의 손에 손을 겹치고 있는 오미요에게 대장은 그렇게 말했다.

"이타바시 여관에서 자란 어린 시절의 나쁜 추억이, 언제나 뒤에서 쫓아오는 기분이 들어 견딜 수가 없었다고 한다. 이제 이런 짓은 그만두자, 돈은 이미 충분히 벌었다고 생각하면서도 더러운 발을 계속 씻는 꿈을 꾸면 돈이 갖고 싶어서, 가난이 두려워서 참을 수 없게 되었다는구나."

씻어라——씻어라——씻어라——.

위협하듯이 커다란 목소리와 천장을 뚫고 내려오는 발.

오시즈 씨. 어머니. 당신은 가엾은 사람이에요. 오미요는 생각했다. 하지만요, 당신은 당신의 더러운 발로 아버지와 내 마음을 짓밟았어요. 그런 당신의 더러운 발은 누가 씻어 줄까요.

"이제 잊으렴." 모시치는 다시 한번 말했다.

부엌 쪽에서 젊은 하녀를 야단치는 오카쓰의 기운찬 목소리가 들려왔다. 거기에 정신을 빼앗겨 문득 시선을 든 오미요는, 조베에도 똑같이 오카쓰의 목소리를 듣고 있다는 것을 깨달았다.

"빨리 그 무를 씻어 놔!"

오카쓰는 고함치고 있다. 조베에와 오미요는 오랜만에 눈과 눈을 마주 보며 살며시 미소를 지었다.

일곱 번째 — 불가사의

꺼지지 않는 사방등

혼조 남쪽 하수 근처(현재의 긴시초역 북측)의 메밀국수집 사방등은 아무도 없는데도 언제나 밝게 빛나고 있다. 기름을 채우는 모습도 볼 수 없는데 꺼질 기미가 안 보이니 괴이하다.

1

 조금 전부터 손님 중 한 명이 오유에게 신경을 쓰고 있다.
 이상한 남자다. 돈을 들인 옷차림을 하고는 있지만 그렇다고 해서 다른 사람을 부려 돈을 버는 상가商家 주인처럼 보이지는 않는다. 아침부터 밤까지 밖에 나가 쉴 새 없이 일하는 사람처럼, 얼굴도 손도 짙게 그을어 있기 때문이다.
 얼굴 생김새는 나쁘지 않다. 조금 지나치게 각이 진 감은 있지만 턱 모양은 꽤 오유의 취향에 맞는다.
 하지만 어차피 나이가 너무 많다. 그렇다——아버지와 비등비등하다고 해야 할까. 젓가락질을 하면서 언뜻 옆얼굴을 보였을 때, 귀밑머리 언저리에 눈에 띄는 하얀 것을 오유는 놓치지 않았다.
 오유의 아버지가 살아 있다면 올해 마흔다섯. 마흔다섯 살의 남자는 이제 갓 스무 살이 된 오유에게는 신에 가까울 만큼 나이가 많은 것으로 여겨진다. 아무리 마음이 있어 보이는 얼굴로 바라봐 준다 해도 기쁘지 않다.
 오유는 생각한다. 남자는 몸이 튼튼하고 젊어야 한다. 가정을 갖고 아이가 태어났는데, 남편이 덜컥 세상을 뜬다면 이러지도 저러지도 못한다.
 게다가, 오유는 생각한다, 남자는 부지런해야 한다. 몸을 아끼지 않고 일해 주는 남자가 아니면 혼인할 마음이 들지 않는다. 죽이겠다는 위협을 받더라도 도박에는 손을 대지 말아야 한다. 여자를 좋아해서도 안 된다. 그렇다고 해서 마음이 약해도 안 된다. 이것이 가장 안 될 일이다.

오유의 아버지는 마음이 약했다. 누가 권하거나 부탁하거나, 조금이라도 강한 말로 밀어붙이면 어떤 일이든 거절하지 못했다. 그래서 여자에게도 손을 댔고 도박도 했다. 그리고 장사는 형편없이 서툴렀다.

―네 아버지는 마음씨가 착한, 부처님 같은 사람이었어.

아버지가 돌림병으로 어이없이 세상을 떠났을 때, 벽으로 칸을 나누어 만든 공동 주택의 이웃이었던 목수의 아내가 눈물을 글썽이며 그렇게 말한 적이 있다. 오유는 입 밖에 내지는 않았지만 마음속으로는 침을 퉷 뱉고 있었다.

아버지는 부처님처럼 착한 사람이었다. 그래서 부처님을 따라 냉큼 저세상으로 가고 말았다. 잘된 일이 아닌가. 그런 사람이 가족을 위해서 할 수 있는 일이라곤 부처님이 되는 것 정도다.

그래서 오유는 남자 보는 눈이 엄격해졌다. 어지간해서는 마음이 움직이지 않는다. 나는 성의 석벽이라고, 오유는 생각한다. 나를 붙들려면 아주 깊고 차가운 해자를 넘어와야 해.

이 사쿠라야에 오는 손님들은 모두 에도에서 바쁘게 일하는 남자들뿐이기 때문에, 때로는 오유에게 슬쩍 좋은 말을 던져 오거나 하는 사람도 있다. 한번 정중하게 연서를 건네온 손님에게는 웃고 말았다. 니혼바시 도리초의 담뱃가게 행수인가 하는 사람으로, 고지식해 보이는 가느다란 눈과 긴 코를 갖고 있었던가. 오유가,

―저는 읽고 쓰기라곤 할 줄 몰라요.

그렇게 말하자 귀까지 빨개지더니 천천히 파랗게 질렸다. 오유 때문에 얼굴을 붉혔다기보다는 까막눈인 여자에게 반한 사실이 부끄러웠기 때문인 것 같다고, 오유는 생각했다.

남자란 모두 그런 법이다.

점심때의 사쿠라야는 오유와 주인 부부 세 사람으로는 감당할 수 없을 만큼 손님이 들어온다. 그래도 따로 사람을 고용하려고 하지 않는 이유는 주인이 어지간히도 인색한 사람이기 때문일까. 아니면 쉽게 사람을 믿지 않는 성격이라서일까. 오유도 확실하게는 알지 못한다. 도무지 종잡을 수가 없는 주인 부부는 웃음소리조차 좀처럼 내지 않고, 돈계산을 할 때도 부모보다 먼저 세상을 뜨고 만 어린아이의 장례를 치를 때처럼 음침한 얼굴을 하고 있다. 그리고 가끔 부부가 나란히 똑같이 중얼거린다. 살아 있어 봐야 좋은 일이라곤 아무것도 없어, 라고.

오유도 생각한다. 살아 있어 봐야 좋은 일이라곤 하나도 없다. 그저 밤에 자고 아침에 일어나면 또 하루가 시작되고, 일을 하면 배가 고프니 밥도 먹는다. 그리고 또 일을 하면 지쳐서 잠이 오니 자고만다. 그 반복, 그저 그뿐이다.

오유는 몸에 걸치는 기모노도 전부 헌옷 가게에서 사고 있다. 새 옷을 맞추려면 못할 것도 없지만 손님에게 이러니저러니 시끄러운 말을 듣는 것이 귀찮아 견딜 수 없기 때문이다. 비녀도 한 적이 없다. 하지만 음식 장사이니 머리카락은 단정하게 묶도록 하고 있다. 그런 데는 주인 부부도 까다롭다. 생각해 보면 고용주의 그런 잔소리가 싫어서 오유 외에는 사람이 붙어 있지 못하는지도 모른다.

하기야 그 덕분에 가게 가장 안쪽에 있는 한 평 반짜리 북향 방은 오유 혼자의 것이 되었다. 볕은 잘 들지 않고 한겨울에는 방 안에 있어도 내뱉는 숨이 얼어붙을 만큼 싸늘해질 때도 자주 있지만, 여기는 오유의 성이다.

이렇게 혼자서, 자신의 입에는 스스로 풀칠을 하며 평생 살아가자. 오유는 꽤 옛날에 그렇게 결심했다. 남자는 믿을 수 없다. 드물게, 오유의 엄격한 눈으로 보아도 믿을 수 있을 만한 남자도 없지는 않지만, 그런 남자는 처음부터 오유 따위는 상대하지 않는다. 사는 장소가 다르다. 자라 온 환경도 다르다. 그런 남자에게 오유는 비가 그친 후의 물웅덩이 위에 있는 소금쟁이나 마찬가지일 것이다. 가끔 눈에 들어오면, 저런 곳에서 대체 어떻게 살아가는 걸까 하고 이상하게 여겨 주기는 할지도 모르지만 방울벌레나 귀뚜라미처럼 조롱에 넣어 집으로 가져가서 울음소리를 즐기려고 할 리는 없다.

그건 그렇고, 저 손님은 어째서 저렇게 뚫어져라 나를 보고 있을까. 어설픈 사다리 같은 조잡한 상 끝에 엉덩이를 걸치고 앉아 단무지 끄트머리를 씹으면서 아직도 이쪽을 보고 있다.

뭘까, 저 남자.

오유의 마음속에서 '저 손님'이 '저 남자'가 된 것은 상당히 오랜만의 일이었다.

눈앞에 있던 두 명 일행의 손님이 자리에서 일어났기 때문에 오유는 굵은 팔을 뻗어 그릇을 치웠다. 그 그릇을 물을 채워 놓은 설거지통에 담갔을 때, 안쪽에 있던 약장수가 차를 달라고 불렀기 때문에 큰 질주전자를 기울였다. 도매점에서도 이문을 많이 남기지 못할 정도로 싸구려 엽차이긴 하지만, 사쿠라야에서는 이것만은 쩨쩨하게 굴지 않는다. 몸을 움직이고 다리를 써서 일하는 남자들에게 맞추어 짭짤한 반찬을 내놓으니, 이 정도는 신경을 써 주자는 마음이다.

질주전자를 내려놓고 얼굴을 드니 그 남자가 아직도 이쪽을 바라보고 있었다. 눈이 마주치자 싱긋 웃음을 짓기까지 했다. 입 양끝에 깊은 주름이 생기고 눈초리가 내려간다. 남자는 웃으니 교활해 보이는 얼굴이 되었다.

인간은 웃었을 때와 멍하니 있을 때 본성이 나온다. 오유는 '싫은 놈이네'라고 생각했다. 더 이상 그쪽에는 눈길도 주지 않겠노라고 결심했다.

잠시 후, 시야 구석에 슬쩍 스치듯이 살펴보니 남자는 사라지고 없었다. 남자의 그릇을 치우면서 주인이 떫은 얼굴을 하고 있다. 손님 출입이 일단락되었을 때 물어보니, 남자는 음식값이라며 금화 한 푼을 두고 갔다고 한다.

"거스름돈은 필요없다더군." 주인이 말했다.

"이건 좋지 못한 일의 시작이야. 그런 손님이 붙다니."

"어째서요?" 오유는 얼굴을 찌푸렸다. 남자 편을 드는 것은 아니지만 돈은 많으면 많을수록 좋은 게 아닌가. 통이 큰 것일 뿐이겠지, 그렇게 생각했다.

그러자 주인은 대답했다.

"심상치 않아서 그런다. 죽었다 깨어난다 해도, 우리 가게에서 내놓는 밥에 금화 한 푼 정도의 가치가 있을 리 없어. 그 손님은 우리 가게에 있는, 무언가 파는 것이 아닌 것에 눈독을 들인 게지."

주인의 말이 맞았다는 사실을 깨닫기까지는 겨우 며칠밖에 걸리지 않았다.

2

남자의 이름은 고헤이지라고 했다. 나이는 마흔셋. 본인의 말에 따르면 옛날에 전당포 행수를 했고 그 집에서 딸과 혼인까지 바랐던 적이 있었지만, 젊은 혈기 때문에 사창가의 여자에게 돈을 탕진하고 가게 돈에 손을 대다가 주인에게 들켜 쫓겨나고 말았단다.

"그 후에는 뭐, 여러 가지 일을 하며 먹고살아 왔네."

마지막 말만이 사실이고 그 외에는 지어낸 이야기일 게 뻔하다. 고헤이지가 말하는 '여러 가지'에는 손을 슬그머니 뒤로 감추어야 할 것 같은 일도 포함되어 있을 것이 틀림없었다.

그가 볕에 타고 탄탄한 몸을 갖고 있는 것은 아마 부랑자 수용소에서 나왔기 때문일 거라고, 사쿠라야 주인의 아내는 오유에게 속삭였다. 오유도 그 말에는 감탄했다. 주인의 아내도 겉멋으로 얼굴에 주름을 만들어 오지는 않은 것 같다.

슬슬 고쿠초의 종이 여덟 시를 칠 무렵이었다. 아침이 이른 사쿠라야 사람들에게는 잘 준비를 시작할 시간이었다. 뒷문을 똑똑 두드리며 고헤이지가 찾아온 때는.

붙임성 있게 술 따위를 들고 찾아왔지만 주인 부부는 그리 쉽사리 집에 들이려 하지 않았다. 주인은 버팀목까지 들고 있었지만, 늘 짓는 웃음을 띠면서 고헤이지가 말한 바에 따르면 용무가 있는 사람은 당신들이 아니라 거기 있는 오유 씨 쪽이라고 한다. 그리고 놀라는 오유와 주인 부부에게, 하지만 여러분 모두에게 이득이 되는 이야기라고 덧붙였다. 그때는 이미 몸이 반쯤 봉당 안에 들어와 있었다.

말이 방이지 형편없이 좁은 방 안에서, 고헤이지는 몹시 당당해 보였다. 다소 냄새가 나든 연기가 나든 장지가 더러워지든, 주인 부부는 일 년 내내 생선 기름을 태워 불을 켜기 때문에 어깨를 바싹 붙이다시피 하고 앉은 네 사람은 연기에 그슬려지는 청어 같았다.

주인 부부는 고헤이지가 들고 온 술에는 손을 대지 않았고 아무것도 대접하지 않았다. 고헤이지는 그다지 신경 쓰는 얼굴도 하지 않고 천천히 본론을 꺼냈다.

"혼조 모토마치의 에코인 옆에, 이치케야라는 버선 가게가 있습니다."

그는 단정하게 정좌를 하고 그렇게 말했다. 거칠게 앞으로 튀어나와 있는 무릎을 오유는 물끄러미 응시하고 있었다. 일꾼의 다리라고 생각했다.

"주인의 이름은 기헤에, 안주인은 오마쓰. 두 사람 사이에는 외동딸이 있었습니다. 이름은 오스즈."

사쿠라야의 세 사람은 파계승의 설법을 들을 때 같은 얼굴로 입을 다물고 있었다.

"이 오스즈는 지금으로부터 정확하게 십 년 전에 행방불명이 되어 그 후로 소식이 없습니다. 당시 열 살이었으니 살아 있다면 마침 오유 씨와 비슷한 나이가 되었을 거라는 계산이 나오지요."

그게 어쨌다는 거냐고, 오유는 고헤이지를 쏘아보았다.

"가미카쿠시_{알 수 없는 이유로 행방불명이 된 상태를 이르는 말}입니까?" 하고 주인이 물었다.

"아니, 그런 게 아니오. 당신들도 알고 있겠지요. 에이타이 다리가 무너진 그때 말입니다. 오스즈는 그때 다리 위에 있었거든요."

분카^{文化} 4년(1807), 도미오카 하치만구_{농업 신 하치만을 모신 신사의 총칭}의 제례 때 사람이 몰리는 바람에 다리가 무너져, 천오백 명도 넘는 사람들이 물속에 잠겨 돌아오지 못했다. 고헤이지는 그 일을 말하고 있다.

"그때의 제례에, 오스즈는 아버지 쪽 친척을 따라 나갔다고 합니다. 기헤에에게는 빠질 수 없는 회합이 있었고, 오마쓰는 몸이 안 좋아 자리에 누워 있었지요. 본래 오스즈의 어머니는 몸이 약했던 모양이더군요."

고헤이지는 몹시 자세히도 알고 있다. 거친 턱을 문지르면서 풍겨 오는 생선 기름 연기에 눈을 가늘게 뜨고 말했다.

"하지만 오스즈 씨의 시체는 결국 떠오르지 않았습니다. 뭐, 오스즈만 그랬던 것은 아니지만요. 그렇게 한꺼번에 연고 없는 시체가 나온 것은 그 전과 후를 통틀어 그때 정도가 아니었을까요."

"후리소데 화재_{메이레키 3년(1657) 정월에 발생하여 다음 날까지 시내의 육 할을 태우고 죽은 사람만도 십만여 명이나 나온 에도 최대의 화재}가 있었잖아요." 주인의 아내가 쓸데없는 주장을 했다. 고헤이지는 턱을 긁적였다.

"아니, 하지만 그것은 우리로서는 짐작도 가지 않는 옛날 일이지 않습니까."

"뭐, 그거야 그렇지만."

이야기의 결론을 알 수가 없어서 오유는 초조해졌다.

그래서 어쨌다는 것일까. 에이타이 다리가 무너져 사람이 죽은 것은 가엾은 일이지만, 사람은 오늘 살아 있다고 해서 내일도 반드시 살아 있을 거라고 장담할 수 없다. 그런 것은 아무도 모른다. 죽을 때가 되면 모두 죽는다.

에이타이 다리가 무너졌을 때 오유는 열 살이었다. 오스즈라는 여자 아이와 같은 나이였던 셈이지만, 오유에게는 손을 잡고 제례에 데려가 주는 친척이라곤 없었다. 가까운 술집에서 술에 취해 뻗어 버린 아버지의 손을 끌고, 불기도 먹을 것도 없는 축축한 공동주택으로 돌아오는 것이 매일 밤의 일과인 생활이었다.

그 무렵, 가끔 오유는 생각했다. 근처 수로에 아버지를 떨어뜨리고 가 버릴 수 있다면 얼마나 속이 시원할까 하고. 수로에 떨어뜨리기가 무리라면 도랑에 얼굴을 처박아 주기만 해도 된다. 좀처럼 깨어나지 못하고 꾸벅꾸벅 졸고 있는 아버지는 한 촌 깊이도 되지 않는 물속에서도 숨이 멎고 말 것이다. 아버지는 괴롭다, 괴로워서 술을 마시는 거라고 매번 오유에게 투덜거릴 정도이니, 오유는 차라리 그 편이 효도하는 길일지도 모른다고 진심으로 생각했다.

그렇게 하지 않은 이유는 운이 없었기 때문이다. 오늘 밤에야말로, 라고 생각하고 있으면 마침 야경꾼이 지나가거나 아버지가 잠에서 깨어나곤 했다. 도랑에 걷어차 쓰러뜨린 순간 아프다고 소리를 지르며 일어나기도 했다. 끝까지 집요하게 괴로워하며 속세를 살아가고 싶어 하는 아버지였다.

그러다가 아버지는 술 때문에 몸을 망쳐 자리에 누웠다 일어났다 하는 생활을 보내게 되었다. 옆집 아주머니가 남 돌보기를 좋아하는 사람이라 자주 찾아와서 상태를 보아 주었기 때문에, 오유는 섣부른 짓을 할 수 없게 되었다. 그렇게 열다섯 살 때까지 아버지를 보살펴 왔다.

에이타이 다리가 무너져 죽었다고 해서 그게 뭐 어쨌다는 것일까. 버선 가게 아가씨로 태어나 그때까지 행복하게 살고 있었다면 된 것이 아닌가. 분뇨 구덩이에 떨어졌다면 그나마 조금은 불쌍하다는 생각도 들겠지만, 열 살짜리 아이가 그렇게 높은 다리에서 떨어졌다면 아무것도 모른 채 죽었을 것이다. 강열음에 놀러 갔다가 강에 빠져 죽었으니 누구를 탓할 수도 없다.

그런 마음이 얼굴에 나타나 있었나 보다. 고헤이지는 오유를 보고 재미있다는 듯이 웃으며,

"뭐, 그렇게 재미없다는 듯이 입을 삐죽거리지 마세요."

하고 온화하게 말했다.

주인이 콧구멍에 뭔가 들어가기라도 한 것처럼 "흥" 하고 숨을 내뱉었다. 어쩌면 정말로 그랬는지도 모르지만 고헤이지는 재촉으로 받아들였는지 이야기를 계속했다.

"그래서 말이지요. 부모 마음으로는 무리도 아니지만 이치케야의 주인 부부는 오스즈를 포기하지 못하고 지금도——십 년이 지난 지금도 딸은 살아 있을 거라고 믿고 있어요. 다리에서 떨어지는

바람에 머리를 부딪쳤거나 해서 자신의 신상이나 이름이나 집을 완전히 잊어버렸다고 말이지요. 에도 어디에선가 건강하게 살아 있을 거라고. 그러면서 계속 찾고 있습니다. 딸을 찾아낸 사람에게는 큰 사례금을 주겠다고 소문을 내면서."

"저와는 상관없는 이야기예요."

오유가 불쑥 그렇게 말하자 고헤이지는 고개를 저었다.

"아니, 그렇지 않습니다. 오유 씨, 당신은 오스즈 씨를 많이 닮았거든요. 얼굴이나 사소한 동작, 목소리 같은 것이."

그는 놀라서 얼굴을 든 사쿠라야의 세 사람에게 웃었다.

"보십시오. 그래서 나쁜 이야기는 아니라고 하지 않았습니까?"

오유를 오스즈로 꾸며 이치케야에서 사례금을 가로챈다——그것이 고헤이지의 생각이었다.

"오유 씨를 오스즈로 만들기 위해서는 사쿠라야에서도 말을 맞춰 주시지 않으면 곤란해요. 뭐, 궁리는 제가 할 테고 당신들은 제가 가르쳐 주는 대로 행동만 하면 됩니다. 사례금은 저와 반씩 나누시고."

주인이 꿀꺽 침을 삼켰다. 이때만은, 살다 보면 가끔은 좋은 일도 있다고 생각했을지도 모른다.

"사례금이라는 건 얼마요?"

지갑 끈을 쥐고 있는 주인의 아내는 빈틈없이 그렇게 물었다.

"백 냥은 확실합니다." 고헤이지는 선뜻 대답했다.

"경우에 따라서는 더 될지도 몰라요. 크기가 작은 버선 가게라고 해서 이치케야를 우습게 보시면 안 됩니다. 돈은 잔뜩 있는 집이거든요."

오유는 바보 같다는 기분이 들기 시작했다.

"그런 게 잘될 리가 없잖아요."

"왜지요?"

"당신은 그런 것도 모르나요? 버선 가게의 외동딸과 나 같은 거친 여자가, 어떻게 봐도 같은 여자로 보일 리가 없어요."

"중요한 것은 인물이지요, 오유 씨."

고헤이지는 자신만만하게 말했다.

"게다가 말이지요, 오스즈는 에이타이 다리에서 떨어져 행방을 알 수 없게 된 후로 십 년이나 완전히 다른 생활을 해 왔어요. 조금쯤 거친 여자가 되어 있다 해도 이상하지는 않지요. 요는 얼굴 생김새, 몸집. 그겁니다. 그것만은 속일 수가 없으니까."

오유는 코웃음을 쳤다.

"이치케야에서는 오스즈를, 그야말로 혈안이 되어 찾았다면서요? 혼조의 에코인과 이 혼조 3번가는, 물론 오카와 강은 건너야 하지만 에도와 교토만큼 떨어져 있는 것은 아니에요. 오스즈가 이렇게 가까운 곳에 있었다면 좀더 빨리 발견했겠지요. 그것을 어떻게 설명할 생각이지요?"

사쿠라야의 주인 부부도, 그러고 보니 그렇다는 듯이 얼굴을 마주 보고 있다. 고헤이지는 그런 두 사람 쪽으로 무릎걸음으로 다가가 물었다.

"주인장, 당신들에게는 아이가 없지요?"

주인은 고개를 끄덕였다. 아내는 돈계산을 할 때의 눈빛을 했다.

"당신들은 에이타이 다리가 무너졌을 때, 강 아래쪽에서 귀여운 여자 아이를 주웠어요."

고헤이지는 무슨 주문을 거는 것처럼 노래하는 목소리를 내며 두 사람에게 말했다.

"아주 귀여운, 인형처럼 귀여운 여자 아이였지요. 게다가 그 아이는 자기 부모에 대해서도, 자신의 이름도, 집도, 모두 잊어버린 상태였어요."

주인의 아내가 돈계산을 할 때의 눈빛을 한 채 오유를 보았다. 오유는 처음으로 기가 꺾이는 것을 느꼈다.

"주인장, 당신들은 그 아이를 몰래 이곳으로 데리고 돌아왔어요. 그리고 자신들의 아이로 키우기 시작했지요. 부모가 찾으러 오면 안 되니 숨기다시피 하며 길렀고요. 그 아이가 완전히 어른이 되고 어엿한 처녀가 되어, 이제 진짜 부모가 보아도 당장은 알아볼 수 없을 정도가 된 후에야 겨우 가게에 내보내 일을 하게 했을 만큼."

오유는 기가 막혔다.

"그런 거짓말이 통할 것 같아요?"

고헤이지는 씨익 웃었다. 오유의 그런 대꾸에 만족하는 표정이었다.

"우습게 보지 마세요, 오유 씨. 저는 세 치 혀로 쇼군의 속옷도 훔쳐 내는 사람입니다……."

3

고헤이지가 가고 다음 날, 사쿠라야의 주인 부부의 태도에 미묘한 그림자가 드리우기 시작했다.

오유만큼 똑똑한 처녀가 아니더라도, 같은 입장에 놓인다면 싫든 좋든 간에 그 이유를 깨달을 것이다. 주인 부부는 오유가 고헤이지의 제안을 거절한 사실이 마음에 들지 않는 것이다.

두 사람 다 욕심에 눈이 멀었다. 제대로 된 마음가짐을 가진 인간이라면 죽은 아이를 그리는 부모의 마음에 파고드는 짓은 절대로 할 수 없다. 하물며 사쿠라야는 지금도 결코 가난하지 않다. 돈이 없어 곤란한 나머지 나쁜 짓을 저지르는 거라면 그나마 참작의 여지도 있지만, 생활이 곤란하지도 않은데 큰돈에 낚이다니 한심할 따름이라고 오유는 생각한다.

오유에게도 지금의 생활은 충분히 만족스러웠다. 어릴 때와 비교하면 혼자서 용케 노력해 왔구나, 하는 생각이 든다. 여기에 몸만 튼튼하다면 이대로 언제까지나 근심 걱정 없이 먹고살 수 있다.

병에 걸리면 그건 그때 가서 생각할 일이다. 일을 할 수 없게 되면 죽을 뿐. 지금부터 고민해 봐야 별수 없다. 무엇보다, 아무리 노력한다 해도 석 달, 넉 달이나 일하지 않고 생활할 수 있을 만한 돈은 모을 수 없으니 만일의 경우에 대비하자고 생각해 봐야 허무해질 뿐이다.

그러나 주인 부부는 그렇지 않은 모양이다.

일이 여기에 이르자 오유는 겨우 이해했다. 돈계산을 할 때 주인 부부가 왜 그렇게 어두운 눈빛을 하는지, 그 이유를.

그것은 돈에 집착하지 않기 때문이 아니었다. 일하고 또 일해도 하루에 겨우 이 정도 매상밖에 나지 않는 것인가 하고, 하늘을 원망하는 눈빛이었다. 그리고 지금, 그런 불공평한 돈의 분배를 바로잡을 기회가 눈앞에 버티고 있는데 그것을 망치려고 하고 있는 오유에게 화가 나서 견딜 수가 없는 것이다.

고헤이지가 가고 나서 나흘 후, 오유는 이제 가게에 나오지 않아도 된다는 말을 들었다. 게다가 가능한 빨리 짐을 챙겨 나가라고 했다.

"오늘 밤 저녁밥부터 나갈 때까지, 네게도 밥값을 받도록 하겠다. 일을 하는 것도 아니니 당연하지."

"마님……"

"친한 척 부르지 마라."

"왜 그러세요? 저는 열심히 일해 왔습니다. 제가 무엇을 잘못했지요?"

주인의 아내는 거친 양손을 통나무 같은 허리에 댔다.

"너는 고헤이지라는 남자의 이야기를 거절했어. 그래서 그런 괜찮은 이야기를 들은 후에 우리는 그걸 포기해야만 했지. 처음부터 인연이 없는 돈벌이 이야기였다면 화도 나지 않았을 텐데. 손을 내밀면 붙잡을 수 있었던 돈이 사라지고 말았는데, 그렇게 네가 코앞에서 얼쩡거리니 속이 터져서 견딜 수가 없다."

주인의 아내는 험악한 손짓으로 장지를 쾅 닫고 나갔다.

오유는 어지간한 일로는 허둥거리지 않는 처녀다. 이번에도 속으로 '욕심쟁이 같으니!'라고 욕을 하며 당장 짐을 챙기기 시작했다. 짐이라고 해 봐야 작은 고리짝 하나에 전부 다 들어간다.

에도는 돈을 벌 곳이 많은 도시다. 안주인이 아무리 엄하게 굴어도 일할 사람들은 계속해서 흘러 들어온다. 대부분은, 땅을 일구어 작물을 키워도 태반은 자신들의 손을 그냥 지나쳐 가고 마는 밑바닥 생활에 지칠 대로 지쳐서, 에도로 나가면 조금 더 나은 일을 할 수 있을 거라는 생각에 맨몸으로 덜렁 올라온 농민 출신의 남자들이다.

따라서 여기에서 여자는 귀중한 존재다. 도박에 미친 부모나 늘 병에 걸려 있는 어린아이 등 돈과 식량을 축내는 가족만 없으면, 굳이 사창가에 몸을 팔지 않아도 여자 혼자 일할 만한 곳은 금세 찾을 수 있다. 꽤 잘 살 수도 있다.

지저분하게 나가고 싶지는 않아서, 오유는 재빨리 청소도 했다. 닳아 빠진 다다미에 이곳에서 보낸 몇 년 동안의 생활에 대한 추억이 배어 있다. 이런 형태로 이곳을 나가게 될 줄은 생각도 하지 못했다.

오유는 등에 고리짝을 비끄러매고 방을 나섰다. 사쿠라야는 마침 이제부터 점심 장사를 해야 할 때이다. 주인 부부는 평소보다 더욱 험악한 표정으로 점점 늘어나는 손님들을 무뚝뚝하게 대하고 있었다.

오유는 가슴이 조금 아팠지만 곧 생각을 다잡았다. 저쪽에서 멋대로 해고했다. 일손이 부족해서 곤란하다 해도 내가 알 바 아니다.

그것보다도 해가 지기 전에 오늘 밤에 잠잘 곳을 정해야 한다. 그쪽이 더 급했다.

"그럼 나리, 마님, 신세 많이 졌습니다."

오유는 머리를 한 번 꾸벅 숙이고 뒷문을 향했다. 그 사이에도 간장에 조린 것 같은 지저분한 가게 앞 노렌_{상점 이름 등을 물들여 가게 앞에 거는 천}을 들추며 손님이 들어온다. 밥을 퍼먹으면서 밥그릇에서 눈만 들어 오유를 전송하는 손님도 있었다.

기름을 바른 장지를 등 뒤로 닫을 때 한 손님의 굵은 목소리가 들렸다.

"뭐야, 저 하녀 그만두는 건가?"

주인은 말없이 고개를 끄덕였을 것이다. 오유는 그들이 자신에 대해서 무슨 말을 할지 약간 흥미가 생겨서 걸음을 멈추었다. 자신답지 않게 가슴이 두근거렸다.

"흐음, 그래?"

다른 손님의 목소리가 끼어들었다. 젊은 남자였다.

"그러면 다음에 고용할 사람은 좀더 예쁘고 애교 있는 아가씨로 해 줘요."

"맞네, 맞아. 저 얼굴을 보면 밥맛이 뚝 떨어진다니까. 마치 돌로 만든 지장보살 같았다고."

손님들은 소리 내어 웃음을 터뜨렸다. 오유는 자신도 모르는 사이에 달리기 시작했다.

자, 어디로 갈까.

훨씬 전에, 조금 친하게 지내던 근처 잡곡 가게의 하녀에게 료고쿠 다리에 있는 직업소개소가 몹시 친절하다는 이야기를 들은 적이 있었다. 이렇다 할 뒷배가 없는 젊은 처녀라도 사람 됨됨이가 좋다고 인정되면 견실한 장사를 하고 있는 상가商家에 소개해 준다고 한다.

그리로 가 볼까 싶어 동쪽으로 발길을 향했다.

직업소개소에 부탁해서 돈과 시간을 들이지 않아도, 길을 걷다 보면 근처 가게 앞에 종이가 나붙어 있고 일할 여자를 구하고 있다. 사쿠라야도 그렇게 해서 들어간 가게였다. 오유는 다른 누구보다도 자신의 눈과 귀를 신용하고 있었기 때문에 스스로 생각한 대로 하는 것이 제일이라고 믿고 있었던 것이다.

하지만 생각지도 못한 일로 갑자기 사쿠라야에서 나오게 된 경위를 생각해 보면, 이번에는 조금 조심해서 일자리를 찾는 게 좋을지도 모른다. 이렇게 운이 나쁠 때는 혼자서 버둥거려 봐야 나쁜 쪽으로 굴러갈 뿐이다.

우선 잠시 동안이라면 어딘가에 싼 여관을 찾아 묵을 정도의 돈은 있다. 가끔은 자신에게 그런 사치를 허락해도 괜찮을지 모른다. 사쿠라야의 이불은 다다미와 좋은 승부가 될 만큼 얇았다. 솜옷을 입고 눕지 않으면 몸이 배겨 아플 때도 있었다. 여인숙이라면 아무리 뭐라 해도 그렇게까지 심한 이불을 내놓지는 않을 것이다.

북적거리는 도리초를 빠져나갈 때도 오유는 결코 걸음을 늦추지 않았고, 주위를 이리저리 둘러보지도 않았다. 그런 짓을 하고 있다간 당장 촌놈으로 여겨져 날랜 악인들에게 표적이 될 수도 있다. 지금 품속에는 오유의 전재산이 들어 있고, 그러지 않아도 고리짝을 짊어진 젊은 여자의 모습은 남의 눈에 띄는 법이다. 오유는 턱을 당기고 등을 곧게 편 채 약간 큰 걸음으로, 명령받은 심부름을 하기 위해 서두르고 있다는 표정으로 서둘러 걸어갔다.

야나기 다리가 가까워 오자 용모가 아름다운, 하지만 어딘지 모르게 지친 얼굴을 한 여자들이 스쳐 지나가고, 어딘가에 활터라도 있는 것인지 요란한 교성과 둥둥거리는 큰북 소리가 들려오기도 했다. 대낮부터 놀러 다니는 남자들과 그런 남자에게 매달려 하루하루를 살아가는 여자들의 조금도 즐겁지 않은 듯한 웃음소리를 등진 채, 오유는 가끔 고리짝을 추슬러 올리면서 묵묵히 걸어갔다.

넓은 가로까지 나오자 조금씩 목이 마르기 시작했다. 목적지인 직업소개소를 찾으면 최소한 백비탕 정도는 내어 줄 것이다. 분명히 야겐보리 해자 근처라고 들은 것 같은데…….

이미 점심때는 지났고, 먼지가 피어오르는 큰길 여기저기에 거적을 둘러친 조잡한 가건물이 나와 있다. 구경거리나 곡예, 연극, 만담에 찻집도 있다. 오유는 이런 곳에 발을 들여놓은 적이 없다. 터무니없는 낭비라고 생각하고 있기 때문에 힐끗 쳐다보았을 뿐 곧 시선을 돌렸다. 그리고 오전 중에 이곳에서 거적을 깔고 야채를 팔던 장이 섰는지, 사람들에게 밟혀 진흙투성이가 된 푸성귀 줄기가 조금 발치에 떨어져 있는 것을 알아차렸다.

아깝다. 저도 모르게 몸을 굽혀 주워 들었을 때, 등 뒤에서 누군가가 어깨를 툭 쳤다.

돌아보니 고헤이지가 서 있었다.

4

 결국 오유가 뜻을 꺾고 이치케야를 찾아가게 된 것은 고헤이지가 어떤 사실을 자백했기 때문이었다.
 "나도 지금까지 여러 아가씨를 이치케야에 들여보냈지만 오유씨, 당신만큼 고집스러운 사람은 처음이오."
 목덜미 언저리를 긁적이면서 고헤이지는 그렇게 투덜거렸다. 그리고 오유를 어느 찻집으로 데려가더니 멋대로 차와 경단을 주문하고 오유에게 먹으라고 권했다.
 "저는 배가 고프지 않아요."
 "자, 그렇게 고집스러운 소리 마시오. 나는 배가 출출하고, 여기 경단을 좋아하거든. 나 혼자 먹는 것도 뭣하니 당신도 같이 먹어 주었으면 좋겠어요."
 그 말대로 고헤이지는 맛있게 경단을 먹어 치웠다. 뚱하니 있는 오유에게 멋대로 이야기해 준 바에 따르면, 고헤이지는 술도 마시긴 하지만 굳이 말하자면 단것에 더 정신을 못 차린다고 한다. 악당 치고는 볼품없는 일이라고, 오유는 심술궂게 생각했다.
 "저는 직업소개소에 가야 해요."
 "그럼 내가 직업소개소라고 생각하고 잠깐 얘기 좀 들어 보시오."
 고헤이지는 그렇게 말하더니, 그때는 이야기하지 않았던 사정을 알려 주었다.

"나도 말이지요. 절대 하늘을 우러러 부끄럽지 않은 일만 해 온 사람은 아니오. 그때 당신에게 말했다시피 세 치 혀로 살아왔지. 하지만 오유 씨, 머리가 좋은 당신이 그때 바로 말했던 것처럼 당신을 가짜로 내세워 이치케야를 속이기는 도저히 무리요. 그 정도는 나도 알고 있어요. 다만 사쿠라야 주인 부부를 설득하려면 그렇게 말해 두는 게 좋겠다고 생각한 거요. 이것은 뒤가 구린 일이구나, 라고 말이지요. 그러지 않으면 사실을 술술 불어 버리고 말 텐데, 그러면 곤란하거든."

"그래서요?" 오유는 조금 흥미가 생겨났다.

"사실이라는 게 뭐지요? 그쪽도 지어낸 이야기인가요?"

고헤이지는 목이 멘 것처럼 웃었다.

"당신도 참 인정머리 없는 아가씨로군. 뭐, 상관없나."

그의 말에 따르면 애초에 가짜 오스즈를 내세우자는 생각을 해낸 것은 이치케야의 주인인 기헤에 본인이라고 한다.

"뭐라고요?" 오유는 벌컥 화를 낼 뻔했다.

"장난치지 말아요. 그런 바보 같은 이야기가 어디 있다고."

"아니, 기다려 보시오. 기다려 봐."

고헤이지는 일어서려는 오유를 양손을 벌려 막았다.

"성질 급한 아가씨로군. 내 이야기를 잘 들어 보시오. 화내는 것은 그 후에 해도 늦지 않아요."

오유를 앉히고 차를 한 잔 더 주문하고 나서, "잘 들으시오" 하며 고헤이지는 몸을 내밀었다.

"이치케야의 기헤에 씨가 그런 생각을 한 연유는 안주인인 오마쓰 씨를 위로하기 위해서요. 오마쓰 씨는 오스즈가 행방불명이 된 이후로 완전히 이상해지고 말았거든. 벌써 십 년이나, 우리에게는 보이지 않는 흐릿한 안개 속에서 살아왔소. 가끔 갑자기 제정신으로 돌아올 때도 있지만 그리 길지는 않아요. 금세 다시 돌아가고 말지. 아마 안개 속에 있는 게 더 편한 거겠지요. 거기에 있으면 귀여운 외동딸을 잃었다는 사실을 잊을 수 있으니까."

오유는 손을 뻗어 찻잔을 집어들고는 식어 버린 차를 홀짝였다.

"어떻소, 가엾다는 생각이 안 드나?"

"글쎄요." 오유는 딴청을 피우며 대답했다.

"일하지 않고 매일 꿈만 꾸며 살아갈 수 있다면, 그것은 그것대로 극락이 아닌가요? 저는 그런 사치를 한 적이 없어서 모르겠지만."

어지간한 고헤이지도 싫은 얼굴을 했다.

"당신, 꽤나 심성이 차갑군."

"그 오마쓰 씨도 내일 먹을 밥을 위해 오늘 가능한 돈을 벌어 두어야 하는 생활을 한다면, 그런 느긋한 병 따윈 단숨에 나아 버릴 거예요."

그냥 하는 소리가 아니라 오유는 정말로 화가 나기 시작했다. 부잣집 마님이다. 다소 머리가 이상해졌다 해도 대수롭지 않다. 모두들 달려들어 소중하게 보살펴 줄 테니까.

고헤이지는 한 번 한숨을 내쉬고 나서 말을 이었다.

"뭐, 좋아요. 내 말을 더 들어 보시오. 그런데 말이지요, 오마쓰 씨가 안개 속에서 사는 동안에는 괜찮지만 아까도 말했듯이 가아끔 문득 제정신으로 돌아올 때가 있소. 그때가 곤란한 거요. 오스즈 씨를 찾기 시작하거든. 그리고 찾아도 오스즈는 없다, 오스즈는 죽었다——는 것을 떠올리면 반쯤 미쳐서 자신도 죽으려고 하는 거요. 지금까지 몇 번이나 위험한 순간을 넘겨 왔다고 하더군."

그래서 말이지요, 하고 고헤이지는 앉은 자세를 바로잡았다.

"곤란하게 된 이치케야의 기헤에는 생각했소. 오스즈의 성장에 맞춰, 살아 있으면 대략 이 정도——라는 나이의 처녀를 집에 두고 오마쓰 옆에서 살게 하면 어떨까 하고. 오마쓰가 제정신으로 돌아오는 것은 늘 길어야 이삼 일이니, 그동안에는 어떻게든 얼버무릴 수 있소. 물론 '오스즈, 너 손이 꽤 거칠어졌구나'라거나 '어째서 그렇게 하녀처럼 조잡한 옷을 입고 있니?' 하며 오마쓰가 이상하게 여기면 안 되니, 그 처녀에게는 평소부터 생전의 오스즈와 똑같은 생활을 하게 하지 않으면 곤란하지. 오마쓰가 '오스즈, 거문고를 타 보렴'이라거나 '여기 도코노마_{다다미방 정면 상좌에 바닥을 한 층 높게 만들어 족자나 꽃병 등을 장식하는 자리}에는 네가 꽃꽂이를 해 다오'라는 말을 꺼낼 때를 위해 그런 공부도 대충은 해 두어야 하고."

기가 막히는 이야기다.

"그래서, 이치케야 주인은 지금까지 계속 그런 일을?"

"아아, 맞아요. 지금까지 세 명의 처녀를 썼던가?"

"엄청나게 돈이 많이 들 텐데요."

"그 정도는 별것 아니오. 재산이 많거든."

아내가 제정신을 유지하게 하기 위해서라면 돈은 아끼지 않는다는 걸까. 오유는 아직 만난 적도 없는 이치케야의 주인이 몹시 싫어졌다.

"그럼 굳이 저 같은 사람에게 말하지 않아도 그 아가씨들이 계속 연극을 해 나가면 되잖아요."

고헤이지는 고개를 저었다.

"그 아가씨들에게도 진짜 가족이 있소. 언제까지나 이치케야에 붙들어 둘 수는 없지요. 바로 얼마 전까지 오스즈가 되어 주던 아가씨는 바쿠로초에 있는 종이 가게 딸이었는데, 혼처가 정해졌기 때문에 이제 더 이상 이치케야에 붙들어 두기란 가엾은 일이란 말이오."

오유는 "흥" 하고 웃었다.

"그럼 가족이 없는 여자를 데려오면 되잖아요. 계속 붙어 있어 줄 수 있게."

고헤이지는 손뼉을 딱 쳤다.

"그렇소. 그 말이 맞아요. 하지만 오유 씨. 아무리 오마쓰 씨의 머리가 이상해졌다 해도 딸의 얼굴까지 깨끗이 잊어버리진 않았단 말이오. 전혀 닮지 않은 처녀가 '어머니' 하고 부른다 해도 아무 소용이 없소. 그러니 우선은 조금이라도 얼굴이 닮은 처녀를 찾아야 했지. 그런 처녀는 여기저기 아무 데나 굴러다니는 게 아니고, 항상 형편 좋게 가족이 없는 처녀일 리도 없거든. 아니, 정말 오유 씨. 그것은 당신이 처음이었어요. 두 개의 조건을 한꺼번에 만족해 주는 사람은."

오유는 잠자코 있었다. 그래서 어떻다는 거냐고 생각한다.

"이봐요, 오유 씨." 고헤이지는 비위를 맞추는 말투가 되었다.

"한번 생각해 보시오. 사람을 속인다고 해도, 상대는 속는 편이 행복한 여자요. 당신이 오마쓰를 속일 수 있다면 그것은 사람을 돕는 일이 되지. 게다가 어려운 일도 아니오. 조금 특이한 하녀 일이라고 생각하고 이치케야에 들어가 보지 않겠소? 기혜에 씨도 굳이 평생 당신을 붙들어 둘 마음은 없어요. 당신이 싫어지면 언제든지 그만둬도 되오. 그때는 많은 사례금을 주겠다더군. 또 기혜에 씨는 당신이 오스즈로서 계속 이치케야에 있다가 어딘가로 시집을 가게 된다면, 기꺼이 혼인 준비도 거들어 주겠다고까지 말하고 있어요."

오유는 대답을 하지 않았다. 입을 다물고 앞으로의 일을 생각하고 있었다.

버선 가게의 외동딸이라. 거문고에 꽃꽂이 연습이라. 죽은 아버지가 들으면 어떤 얼굴을 할까.

오유는 차를 꿀꺽 마시고 꼬치 경단을 베어 물었다. 조금 마르기 시작한 경단을 억지로 씹어 삼키고 있자니 고헤이지가 활짝 웃었다.

"그래요? 해 주는 거지요?"

오유는 날카롭게 그를 보았다. 경단은 조금도 달지 않았다.

5

나는 하녀 일을 하러 들어온 거라고, 오유는 처음에 분명하게 말했다.

"그러니 마님이 제정신으로 돌아와 제가 연극을 한바탕 해야 할 때가 올 때까지는, 다른 사람들처럼 일하게 해 주세요. 거문고도 꽃꽂이도 싫습니다."

이치케야의 주인 기헤에는 어딘지 모르게 참새를 연상시키는 작은 몸집의 남자였다. 검은자위가 크고 부리부리한 둥근 눈을 깜짝 놀란 듯 휘둥그렇게 뜨는 모습은 더욱더 참새와 비슷하다. 밥을 먹고 있을 때 가까이 다가가면 허둥거리며 날아오를지도 모른다.

하지만 적어도 기헤에 쪽이 고헤이지보다는 느긋한 태도를 취하고 있었다. 일의 당사자이고 돈을 내는 사람은 자신이라는 기분이 있는 탓인지, 오유의 딱 자르는 말투에 고헤이지만큼 허둥지둥 머리를 긁적이지는 않았다.

"좋소." 기헤에는 말했다.

"오유 씨, 당신 생각대로 하십시오. 다만 하녀로서의 당신에게는 오마쓰의 시중을 드는 일을 맡길 거요. 그렇게 되면 오마쓰가 밖에 나갈 때는 같이 따라가 주어야 할 때도 있을 테니, 너무 초라한 옷차림을 하고 있으면 곤란하오. 기모도노 띠도 비녀도, 모두 이쪽에서 준비한 것을 해 주시오. 청소나 취사, 물긷기 등에는 손을 대지 말 것. 당신은 오마쓰에게 딸려 있는 하녀니까. 알겠소?"

그러면 결국 마찬가지다. 오유는 한 방 먹었다는 생각에 이를 갈았다. 기헤에가 태연한 얼굴을 하고 있는 것이 분하다.

오마쓰는 정말로 보이지 않는 안개 속에서 살고 있었다. 안주인에게 딸려 있는 하녀가 되면 싫어도 하루에 몇 번은 상태를 보러 가게 된다. 그때마다 오유는 툇마루 쪽으로 얼굴을 돌리고 휘파람새의 첫 울음소리라도 듣고 있는 것처럼 살짝 머리를 기울이며 무릎에 손을 올려놓고 단정하게 정좌하고 있는 오마쓰의 단정한 옆모습을 바라보게 되었다.

오마쓰는 그저 그것뿐인 사람이었다. 벽에 걸려 있는 족자처럼 그냥 거기에 놓여 있을 뿐이다. 거기에 존재할 뿐이다. 식사도 하고 측간에도 가고 몸도 씻고 옷도 갈아입지만, 거기에는 살아 있는 사람의 기척이 없었다. 좋은 향기가 나는 아름다운 그림자가 움직이고 있는 것 같았다.

그런 만큼 오마쓰는 손이 가는 사람은 아니었다. 지금으로서는 갑자기 제정신으로 돌아올 기미도 보이지 않는다. 오유는 심심해서 죽을 지경이었다. 지금까지 이렇게 시간이 남아돌아 주체하지 못한 적은 없다. 몸이 피곤하지 않으니 밤에도 잠이 잘 오지 않았고, 침상 속으로 기어 들어간 후에 듣는 혼조 요코가와초의 종은 기분 탓인지 이시초의 종소리보다도 무겁게 느껴졌다.

―그렇게 심심하다면 교양이라도 배우면 되지.

기헤에가 그렇게 말하는 게 듣기 싫어서, 오유는 되도록 불평은 하지 않고 지냈다. 그래도 저녁 식사는 이 두 명의 가짜 부모와 나란히 앉아 해야 하기 때문에, 오유가 기운이 없다는 것은 어렴풋이 눈치 채고 있었던 모양이다. 무언가 묻고 싶은 표정으로 바라보는 눈길에, 오유는 나중에 혼자 있게 된 후에는 화가 나서 견딜 수가 없었다.

거문고나 꽃꽂이 따위는 죽어도 배우고 싶지 않았다. 그런 것은 오유에게 아무런 도움도 되지 않는다. 게다가 오유는 알고 있다. 내일 밥을 먹기 위해서 밤늦게까지 불을 밝히고 열심히 바느질을 하는 처녀들이 같은 하늘 아래에 있다는 사실을.

그런데 무슨 거문고에 꽃꽂이란 말인가. 무슨 교양을 배우란 말인가. 그런 것에 손을 물들이면, 오유는 이제 두 번 다시 머리를 똑바로 들고 길을 다닐 수 없을 것이다.

어차피 지금의 생활은 연극 공연 같은 것이다. 누워 있는 이불이 아무리 푹신하고 따뜻해도, 몸에 걸친 기모노에 아무리 공들인 염색이 되어 있어도, 그것은 오유의 것이 아니라 십 년 전에 죽은 아이가 맛보던 사치와 행복의 찌꺼기일 뿐이다.

그러나 지금의 오유에게는 그 찌꺼기를 줍는 것이 생계가 되었다.

가끔 한심해서 흐르는 눈물로 베개가 젖었다. 그리고 다음 날 아침에는 당장 이치케야에서 도망쳐 나가려고 하다가, 아침이 이른 고용살이 일꾼들에게 들켜 도로 끌려오고 마는 것이었다.

이치케야에서 먹고 자면서 일하는 고용살이 일꾼들은 주인에게 충실하다는 점에서는 마치 개와도 같았다. 그러나 그 충의는 주인 부부를 진심으로 따르는 마음뿐——은 아닌 모양이다.

그들은 이치케야가 일하기 편한 가게이고 급료도 다른 곳보다는 많으며 고용살이 일꾼에게도 친절하다는 사실을 잘 알고 있다. 따라서 그렇게 좋은 가게에 문제가 일어나서는 안 되기 때문에, 안주인의 마음과 몸을 지키기 위해 고용된 오유가 해야 할 일을 해내지 않으면 곤란하다——고 생각하고 있을 것이다.

고용살이 일꾼들, 특히 집안일을 담당하고 있는 하녀들이 머리를 숙이며 "아가씨"라고 부르는 것을, 오유는 견딜 수가 없었다. 거기에는 진심이 없다. 좀더 탁 터놓고 잡다한 이야기를 하고 싶었다. 기혜에의 틈을 보아 가장 고참으로 보이는 하녀에게 그렇게 부탁해 보니 그녀는 복잡한 얼굴을 하고 고개를 저었다.
"그럴 수는 없어요. 우리도 평소부터 익숙해지지 않으면 당신을 아가씨로 대할 수는 없으니까. 나리께서도 단단히 명령을 하셨고······."

오유는 한숨과 함께 포기했다.

바쁘게 일하는 사람들을 곁눈질하며 할 일도 없이 보내는 하루. 이런 생활에 물들어 버리면 몸이 무뎌지고 만다. 오유는 걱정이 되기 시작했다.

가게 사람들은 모두 열심히 일한다. 주인 기헤에부터가 일하기를 즐기는 사람이라 밑에 있는 사람들도 그렇게 되는 것이리라.

기헤에의 유일한 도락이라면 한 달에 한 번 간다 사쿠마초에 사는 바둑 맞수를 찾아가 밤새도록 승부를 벌이는 정도라고 한다. 바둑 맞수는 마을 의원이라고 하는데, 역시나 평소에는 바쁜 몸이라 한 달에 한 번인 그 기회를 손꼽아 기다린다고 한다. 이때만은 나리도 아침에야 돌아오신다고, 고참 하녀가 웃으며 가르쳐 주었다.

즐거움이란 그래야 한다. 오유는 생각한다. 우선 열심히 일하는 것이 중요하다. 그런데 지금의 나는——.

단 한 사람, 그런 매일의 생활에 숨 돌릴 구멍을 조금 틔워 준 사람이 대행수인 유지로였다.

그는 기헤에보다도 두세 살 연상으로, 간장에 푹 조린 듯한 안색에 거친 손가락을 갖고 있었다. 말은 대행수라지만 본래 직인 출신으로, 지금도 중요한 손님의 주문에는 이 남자가 직접 바늘을 들고 버선을 꿰맨다.

절분이 가까운 어느 날, 기헤에가 외출한 틈을 타 심심풀이로 가게 앞에 나가 본 오유를 유지로가 불러세워, 뭣하면 버선 만드는 법을 가르쳐 줄까 하고 말을 건 것이 시작이었다.
"하는 김에 읽고 쓰기도. 이 두 가지라면, 지금의 고용살이가 끝나고 가게를 나가더라도 자네 생계에 도움이 될 테니."
오유는 기뻐하며 제안을 받아들였다. 유지로는 기초를 차근차근 가르쳤고, 오유는 본래 손재주가 있는 편이라 배우는 속도도 빨랐다. 유지로는 감탄하며, 열심히 배운다면 가죽 버선까지 제대로 만들 수 있는 직인이 될 수 있겠다고 말했다.
어려운 것은 오히려 읽고 쓰기 쪽이었다. 유지로도 바쁜 고용살이 일꾼이라 낮에는 좀처럼 생각대로 시간을 낼 수 없다. 마흔이 지나 가정을 꾸리고, 따로 집을 두어 출퇴근 행수가 된 그는 밤이 되면 마쓰자카초에 있는 자신의 집으로 돌아가기 때문에, 오유를 가르치는 일은 짧은 시간을 틈틈이 내어 해야만 했다. 오유도 낮 동안 기헤에가 없는 틈을 노려 고시장지_{아래쪽을 징두리 또는 맹장지로 하고, 볕이 잘 들도록 얇은 종이를 바르거나 유리를 끼운 장지} 그늘에 쪼그리고 앉아서 모르는 것을 묻기도 했다.
그래도 글을 배우는 일은 즐거웠다. 자신을 위해 도움이 된다는 것만으로도 마음이 들뜨는 일이었다.
유지로도 혼자 남겨진 것이나 마찬가지인 오유의 입장을 생각해서인지 이치케야 주인 부부의——아니, 기헤에의 이 기묘한 생각이 생겨나기까지에 대해 앞뒤 사정을 이야기해 주기도 했다.
그런 이야기가 나오는 것은 대개 오유에게 주어진 남향의 작은 방에 유지로가 찾아와, 오유가 꿰맨 버선이 얼마나 잘 만들어졌는지를 살피고 잘못된 부분을 고쳐 주며 잘된 부분을 칭찬할 때였다. 그도 그렇게 오래 가게를 떠나 있을 수는 없기 때문에 차분하게 앉아 이야기에 열중할 수는 없다.

"애초에 오스즈 아가씨가 어딘가에 살아 있을 거라고, 처음 그런 말을 꺼낸 사람이 잘못이었지."

"어떤 사람이 그런 말을 하던가요?"

"점쟁이일세." 유지로는 얼굴을 일그러뜨렸다. 이 대행수는 그렇게 해도 사람 좋아 보이는 느낌이 난다.

"그 무렵, 오스즈 아가씨의 시체를 찾을 수가 없어서……. 같이 하치만구에 갔던 사람들은 어찌어찌 찾았는데, 아가씨만은 아무리 해도 찾을 수가 없었네. 그래서 마님이 '그렇다면 오스즈는 틀림없이 살아 있을 것이다'라고 생각하시게 된 걸세. 한때는 나리도 그것을 믿으려고 하셨지. 그래서 점쟁이를 부른 걸세. 그런 놈들은 이쪽이 듣고 싶다고 생각하는 말밖에 하지 않는데도."

점쟁이도 "오스즈 님은 살아 계십니다"라고 말했다는 사실에 기운을 얻어 오마쓰의 마음은 더욱더 불타올랐다. 그러나 사방팔방으로 손을 쓰고 사람을 고용하고 돈을 내어 오스즈를 계속 찾았지만, 낭보는 들어오지 않았다. 그리고 오마쓰는 점점 이상해져 갔다——.

"대행수님은 아가씨가 살아 있을지도 모른다고 생각하시나요?"

유지로는 잠자코 고개를 저었다. 망설임이 없는 태도였다.

"살아 있다면 벌써 돌아오셨을 거라고, 나는 생각하네."

그렇겠지——하고 오유도 생각했다.

"나리를 설득해서 이런 연극 같은 짓은 그만두시게 하면 어떨까요? 저는 이런 일을 계속한들 조금도 마님을 위하는 길이 되지는 않을 거라고 생각해요."

유지로는 오유를 바라보며 엷게 웃었다.

"그렇겠지……. 하지만 말일세, 오유 씨. 잘못된 일이라 해도, 그것이 마음에 의지가 된다면 어떻겠나?"

"마음에 의지가?"

"그래. 자네는 모르나? 혼조의 일곱 가지 불가사의라는 것을. 뭐, 시시한 이야기를 모아 놓은 것인데 그중에 '꺼지지 않는 사방등'이라는 것이 있네."

어느 이팔 메밀국수_밀가루와 메밀을 2대 8의 비율로 만든 국수_ 가게의 사방등 불은 비가 오는 날도 바람이 부는 날도, 언제나 똑같이 타오르며 꺼지는 모습을 아무도 본 적이 없다. 또 기름을 채우는 모습도 볼 수 없다——는 이야기라고 한다.

"별것 아닌 이야기지만 오유 씨, 나는 '오스즈 아가씨가 살아 있다'고 믿는 것이 마님에게는 '꺼지지 않는 사방등'이 되고 있을 거라고 생각하네. 살아가기 위한, 발밑을 비추기 위한 사방등이."

유지로는 왠지 괴로워 보이는 얼굴을 했다.

"십 년 전의 그날, 마님은 아가씨께 어쩐지 가슴이 심하게 두근거리니 오늘은 하치만구에 가지 말라고 말렸네. 하지만 친척 분들은 하치만구의 제례를 기대하고 있었고, 아가씨도 물론 가고 싶어 했어. 그래서 나리가 마님을 달래 아가씨와 친척들을 보낸 걸세. 마님

입장에서는 그때 더 강하게 말렸다면 오스즈를 죽게 하지 않았을 거라는, 아무리 후회해도 모자란 기분이 드셨을 걸세."

오유는 인형처럼 표정이 없는 오마쓰의 얼굴을 떠올렸다.

"그러니 마님이 '오스즈는 죽지 않았다'는 사실에, 오직 그것에만 필사적으로 매달려 계시는 것을 나는 어렴풋이 이해할 것 같네."

오스즈는 살아 있다. 거문고를 배우고 꽃꽂이를 하고, 장래에는 이 집안을 물려받을 것이다──.

마음속의 꺼지지 않는 사방등인가. 오유는 생각했다. 그것을, 어쩌면 꿈이나 희망이라고 부르는 것일지도 모르겠다고.

유지로에게 이야기를 들은 이후로 오유는 오마쓰에게 상냥해졌다. 상대방이 속세를 완전히 떠나 버린 사람이므로 특별히 어떻게 해 줄 수 있는 것도 없지만, 이전보다 자주 말을 걸거나 함께 정원을 바라보게 되었다.

그와 함께 이 이상한 고용살이도 그리 괴로운 것이 아니게 되었다. 유지로에게 배우는 것도 있고, 오마쓰의 곁에 있는 것이──누구에게 부탁받았기 때문이 아니라 오유의 마음에서 우러나온 것으로서──자신의 역할 같은 기분이 들기 시작했기 때문이다.

그러나 이월 중순의 소설小雪이 내리던 밤, 그런 오유의 고요한 기분을 흐트러뜨리는 사건이 일어났다.

화재였다.

6

아무리 에도 사람들이 화재에 익숙하다고는 해도, 역시 가까운 곳에 화재가 났음을 알리는 격렬한 반종 소리를 듣는 것은 무섭다. 오유는 침상에서 벌떡 일어나 서쪽 하늘을 새빨갛게 물들이고 있는 불꽃의 색깔을 확인하고는 재빨리 물건들을 챙겼다.

고용살이 일꾼들은 우왕좌왕하면서도 불길의 속도를 살피며 가지고 나갈 물건을 끈으로 묶거나, 가능한 물건들은 물통 속에 담그기 시작했다. 불길은 기류초 1번가 쪽에서 번지기 시작했다고 하는데, 운 나쁘게도 바람이 이쪽을 향해 불고 있어서 만만하게 볼 수는 없을 것 같았다.

오유도 이렇게 가까운 곳에서 화재를 보기는 처음이었다. 밤하늘에 비치는 불꽃은 무섭지만 아름답기도 했다. 잠시 넋을 잃은 채 보고 있었을 정도였다. 제정신으로 돌아온 것은 마쓰자카초에서 달려온 유지로가 고용살이 일꾼들에게 지시를 내리는 목소리가 들려왔을 때였다.

"오유 씨, 마님을 부탁하네!"

오유는 그 말에 떠올렸다. 기혜에는 오늘 집을 비웠다. 바로 그, 한 달에 한 번 있는 바둑 맞수와의 승부를 위해서.

오유는 오마쓰의 침실로 달려갔다. 오마쓰는 이불 위에 몸을 일으키고 앉아 여전히 초점이 확실하지 않은 눈을 하고 있었지만, 잠옷을 벗고 옷을 갈아입고 있었다. 오유는 그것을 제지하고 몸의 온

기를 유지하고 있는 잠옷 위에 기모노를 몇 장 걸쳐 입힌 후 오마쓰를 밖으로 데리고 나갔다.

다행히 화재는 기류초에서 밖으로 번지지 않고 수습되었다. 새벽이 오기 전의 일이었다.

그을린 얼굴을 한 유지로가, 오유와 오마쓰가 잠시 몸을 피하고 있던 가메자와초의 지인 집에 "나리는 아직 돌아오지 않으셨나?" 하고 물어 온 것은 손끝이 아플 정도로 싸늘하게 식은 새벽녘의 일이었다.

"예, 아직."

그때 다른 사람의 목소리가 끼어들었다.

"기헤에 씨는 어디 갔나?"

걸걸하게 쉰 목소리다. 오유가 돌아보니 눈앞에 목소리의 주인이 서 있었다. 유지로가 꾸벅 머리를 숙인다.

"안녕하십니까, 에코인의 대장님."

이 혼조 일대를 담당하고 있다는 오캇피키다. 에코인의 모시치라는 이름으로 통하며, 나이는 쉰을 약간 넘은 정도일까. 오유에게 말을 걸었을 때, 그의 목소리에는 재미있다는 듯한 기색도 섞여 있었다.

"어라, 자네가 지금의 오스즈 씨로군. 고헤이지 녀석, 꽤 많이 닮은 사람을 찾아냈어."

오유는 놀랐다.

"대장님, 고헤이지 씨를 아십니까?"

"아아, 알지. 뭐, 교활한 데도 있지만 이치케야 주인처럼 특이한 부탁이 있을 때는 상당히 의지가 되는 놈일세."

유지로가 주인의 행방에 대해서 이야기를 하자 모시치는 크게 고개를 끄덕였다.

"그래, 사쿠마초라. 아니, 어젯밤에는 바람이 그렇게 불지 않았나. 간다의 다초 쪽에서도 불이 났다고 하더군. 기헤에 씨도 그쪽 소동에 발이 막혀 돌아오고 싶어도 움직이지 못하고 있는 것이 아닐까."

유지로는 새파랗게 질렸다.

"혹시 간다의 화재에 휘말리신 것은——."

모시치는 커다란 손을 흔들었다.

"그렇지는 않을 걸세. 제 몸 하나만 간수하면 되는 것을. 괜찮아, 무사히 돌아올 테지."

그 말대로 기헤에는 점심때가 지나 불쑥 가게로 돌아왔다. 물론 사지 멀쩡했고 기모노도 흐트러지지 않았을뿐더러 차분한 얼굴을 하고 있다. 가게 사람들의 지칠 대로 지친 얼굴과는 매우 달랐다.

유지로가 사람을 보내 알렸기 때문에 곧 에코인의 모시치가 찾아와 기헤에가 무사한 것을 기뻐해 주었다. 기헤에는 대장을 방으로 안내해 걱정을 끼친 것을 사과하며, 자신이 없는 동안 신세진 데 대해 정중하게 고맙다는 인사를 했다. 모시치는 가게에 아무 일도 없었던 것을 기뻐하며, 여전히 깬 채로 잠들어 있는 듯 멍하니 있는 오마쓰에게도 스스럼없이 말을 걸었다.

오유는 오마쓰 옆에서 그녀의 팔꿈치에 살며시 손을 대고 있었다. 기헤에가 그 모습을 바라보며 입술 끝으로 엷게 미소를 지었다.

하지만 그때 모시치가 "간다 쪽의 화재도 큰일이었지. 큰 소동이 일어났나?" 하고 묻자 기헤에의 웃음이 사라졌다. 그는 약간 기가 죽은 것처럼 보였다.

"예, 그랬지요."

기헤에는 고용살이 일꾼들에게는 아무런 설명도 하지 않았다. 다만 화재에 대해서는 알고 있었다. 가게로 돌아가려고 해도 사람들과 불똥 때문에 어찌할 수 없었기 때문에, 자신이 집을 비웠어도 이쪽 일은 유지로가 어떻게든 해 줄 것이라고 믿고 지금까지 가만히 있었다고 말했을 뿐이다.

그때——.

오유의 착각이었을지도 모른다. 지나친 생각일지도 모른다.

하지만 확실히 느꼈다. 기헤에의 옷에서 가볍게 풍겨온 달콤한 향을. 마치 길에서 야나기 다리의 여자들과 마주쳤을 때처럼.

게다가 오유는 깨달았다. 에코인의 모시치 대장도 자신과 같은 냄새를 맡았다는 사실을.

—여자에게……

머릿속으로 생각하면서 문득 오마쓰 쪽으로 시선을 주었을 때, 거기에서 오마쓰가 제정신으로 돌아온 것을 보았다.

아주 잠시, 눈을 한 번 깜박거릴 정도의 시간이었다. 오마쓰의 눈이 날카로운 빛을 되찾고 입술이 굳게 다물어지며 눈썹이 치켜올라갔다.

그 눈은 오유를 보고 있지는 않았다. 오마쓰는 기헤에의 얼굴을 보고 있었다. 오직 그의 얼굴만을.

그리고 곧 원래의 인형으로 돌아가 버렸다.

화재가 있은 지 열흘 정도 지나, 오유는 갑자기 일을 그만두게 되었다. 기헤에가 말을 꺼낸 것으로, 약속대로 큰 사례금을 챙겨 준데다 기모노 두 벌치의 옷감까지 들려 주었다.

오유는 순순히 따랐다. 유지로에게는 아직 배우고 싶은 게 있었지만 그것이야 어떻게든 방법이 있다. 그것보다도 자신은 더 이상 여기에는 있을 수 없을 거라고 생각하고 있었다.

왔을 때와 똑같이 고리짝을 짊어지고 다시 니혼바시 쪽으로 돌아가 볼까 생각하면서 걷고 있는데 누군가 어깨를 툭 쳤다. 이번에 뒤에 서 있던 사람은 에코인의 모시치 대장이었다.

"역시 해고되었나?"

"예." 오유는 고개를 끄덕였다. 모시치는 눈부신 것이라도 보는 듯 눈을 가늘게 뜨고 오유를 내려다보고 있다.

"오유, 어째서 해고되었는지 아나?"

알고 있다고, 스스로는 생각했다. 하지만 그것을 입 밖에 낼 용기는 나지 않았다.

화재가 있던 날 밤, 기헤에는 틀림없이 여자에게 가 있었다. 그것도 아마 어딘가에 소중하게 감추어 둔 여자. 이미 오랫동안, 인형이 된 오마쓰 대신 아내 역할을 해 온 여자. 간다 사쿠마초에 바둑의 맞수가 있다니, 수상한 이야기였다. 그것은 단순한 구실에 지나지 않을 것이다. 사실은 다른 곳에서——.

오마쓰도 그것을 알고 있다. 그때의 얼굴은 질투와 증오 이외의 그 무엇도 아니었다.

유지로는 십 년 전에 오스즈가 하치만구에 갈 때, 오마쓰가 그것을 말렸다고 말했다. 끝까지 말리지 못한 자신을 탓하며 머리가 이상해졌다고.

하지만 지금 오유는 생각한다. 정말로 그랬을까.

오마쓰가 탓하고 있는 것은 자기 자신이 아니라 그때 자신을 제지하고 오스즈를 하치만구의 제례에 보낸 기헤에 쪽이 아니었을까.

부부는 죽은 아이를 둘이서 애도하는 것이 아니라, 상처를 서로 더 깊게 만들면서 살아온 게 아닐까. 집안에서 편안함을 얻을 수 없는 기헤에는 밖에 여자를 만들고, 오마쓰는 더욱 수렁에 빠져든다.

오마쓰는 결코 미친 것이 아니다. 이상해진 척하며 남편이 땀흘려 번 재산을 깎아먹고 이상한 소문이 나지 않도록 신경을 쓰게 하면서 즐기고 있다. 오마쓰가 미친 척을 해도 사정이 사정인 만큼 기헤에도 그녀를 내쫓을 수는 없을 것이다.

가게 사람들도 알아차리지 못하는 두 부부만의 처절한 싸움의 극히 일부분을, 오유는 그날 오마쓰의 눈 속에서 발견했다.

꺼지지 않는 사방등이라. 오유는 그 내력을 가르쳐 주던 유지로의 상냥한 얼굴을 떠올렸다.

하지만 유지로의 생각과는 반대로, 이치케야 주인 부부의 꺼지지 않는 사방등은 증오의 기름으로 타오르고 있는지도 모른다.

살아 있어 봐야, 정말로 좋은 일이라곤 없다.

문득 제정신으로 돌아와 보니 모시치가 자신을 바라보고 있었다. 오캇피키는 씁쓸한 웃음을 띠고 있었다.

"오유 씨, 자네가 지금 생각하고 있는 것은 내가 생각하고 있는 것과 같을 테지."

오유는 생긋 웃었다.

"앞으로 어찌 할 텐가?"

"우선 도리초로 돌아가려고요."

"곤란한 일이 있으면 언제든지 말해 주게. 나도, 그리고 고헤이 지도 자네의 힘이 되어 줄 수 있을 걸세."

오유는 고맙다고 말하고 료고쿠 다리 쪽으로 발길을 돌렸다. 모시치의 목소리가 쫓아왔다.

"언젠가 또 오카와 강을 건너 혼조에 와 주게. 이번에는 좀더 아름다운 것을 보여 줄 수 있을 걸세."

오유는 어깨 너머로 힐끗 돌아보고, 말없이 한 번 머리를 숙였다. 모시치 대장은 그 인사에 손을 흔들어 응했다.

"꼭일세. 꼭 오게."

오유에게는 모시치 대장이 왠지 몹시 미안해하고 있는 것처럼 보였다.

이월의 강바람이 불어온다. 다리 한가운데에서 한번 고리짝을 추스르며, 오유는 크게 재채기를 했다.

옮기고 나서

『혼조 후카가와의 기이한 이야기』는 에도 시대에 실제로 전승되던 '혼조의 일곱 가지 불가사의'를 모티브로 하여 쓴 시대 미스터리 소설입니다. 일본에서는 1991년에 처음 출간되었으며 1995년에 재출간되었습니다. 국내에 소개되는 이 책은 1995년도 판을 옮긴 것입니다. 요시카와 에이지 문학 신인상을 수상한 작품이기도 합니다.

혼조는 현재 도쿄 스미다 구에 해당하는 에도 시대의 지명으로, 이 부근에서 전승되던 일곱 가지 불가사의는 현대에도 볼 수 있는 도시 괴담이지요. 몇 가지 변형된 이야기들이 있기 때문에 실제로 전해지는 괴담은 일곱 가지 이상이라고 합니다. 가령 '두고 가 해자' 같은 경우, 이 책에서 인용한 괴담은 '두고 가' 하는 목소리를 무시하고 지나친 어부가 집에 돌아가 보니 어망이 텅 비어 있더라는 것이지만,

1. 두고 가라는 목소리에 어망을 버리고 돌아간 어부가 잠시 후 동료와 함께 가 보니 어망 속은 텅 비어 있었다.
2. 어부는 곧장 어망을 해자에 버리고 도망쳤지만, 어부의 친구는 어망을 든 채 도망치려다가 물속에서 손이 뻗어 나와 친구를 해자로 끌고 들어가는 바람에 죽고 말았다.

하는 등의 판본이 존재합니다. 사람들의 입에서 입으로 구전되는 이야기의 특성상 이것은 필연일지도 모릅니다. 그리고 어쩌면 몇백 년 후, 우리 나라에서도 '빨간 마스크'니 '시트 밑에 망치를 숨기고 다니는 택시 기사' 같은 도시 괴담이 시대 소설의 소재가 될지도 모르지요. 그렇게 생각하면 도시 괴담을 바라보는 시각이 좀 달라지기도 합니다.

이 작품은 연작 단편집으로, 모두 7화로 구성되어 있습니다. 매화 빠지지 않고 등장하는 오캇피키 모시치가 작품 전체를 아우르는 주인공이라 할 수 있겠습니다. 나쁜 짓을 하는 사람에게는 가차 없이 법의 심판을 휘두르지만 어려움에 처한 사람들에게는 따뜻한 인정을 베푸는, 현대로 치자면 참으로 이상적인 형사인 셈입니다. 개인적 바람으로는 미야베 미유키 씨가 모시치를 주인공으로 하는 이야기들을 더 써 주셨으면 좋겠는데요. 하지만 이 책이 일본에서 출간된 지 벌써 10년 이상 지났다는 걸 감안하면, 시리즈로 책이 더 나올 가능성은 낮을 것 같다는 생각도 드네요.

작가 미야베 미유키 하면 사회파 미스터리라는 공식이 성립해 있는데, 저는 결국 미야베 미유키라는 작가는 '사회'를 치밀하게 묘사하는 데 뛰어난 분이라고 생각합니다. 비록 여사가 에도 시대를 실제로 살지는 않았지만, 에도 사회에 대한 깊은 통찰이 없이는 『외딴집』도, 『혼조 후카가와의 기이한 이야기』도 나올 수 없었겠지요.

이 책은 『외딴집』처럼 에도 사회의 부조리를 들이대는 무거운 내용은 아니지만, 그래도 작품 전체에 작가의 에도 시대에 대한 치밀한 분석과 묘사가 녹아들어 있습니다. 단순히 에도 시대를 배경으로 삼는 것에 그치지 않고, 현대를 살아가는 독자도 이 책을 읽는 동안만은 마치 그 시대 속에 있는 것처럼 위화감 없이 작품에 빠져들 수 있게 해 주지요. 그런 면에서는 이분의 시대 소설도 결국 사회파 소설의 연장선상에 있다고 볼 수 있지 않을까 싶습니다.

『외딴집』을 읽으신 분이라면 이 책은 조금 더 가볍게 읽으실 수 있었을 것 같은데 어떠셨는지 모르겠네요. 저는 괴담 애호가라고 할 정도는 아니라도 나름 괴담이나 기담을 좋아하는 터라, 이 책을 작업하면서 참 즐거웠습니다. 어느 시대 어느 사회에나 괴담이 존재한다는 건 정말 흥미로운 일이에요. 한 사회를 이해하는 데 매개체가 되는 것들은 많지만 괴담도 분명히 그중 하나일 테지요. 괴담만큼 그 사회의 이슈나 그 사회 구성원들이 두려워하던 대상을 잘 알려 주는 것도 없을 테니까요. 그리고 보니 요즘 제가 들은 가장 무서웠던 도시 괴담은 택시 괴담이었습니다. 우리 나라의 이야기는 아니지만, 중국으로 여행을 간 부부가 택시를 탔는데 기사가 엔진이 꺼졌다며 남편에게 내려서 차를 밀어 보라고 해서 남편이 차를 밀기 위해 내렸더니 택시가 아내만 태운 채 가 버렸다는 무서운 이야기도 있더라고요. 그리고 홀로 끌려간 아내는 나중에 장기가 다 사라진 채 시체가 되어 돌아왔다는, 중국이 아니면 성립하지 않을 것만 같은 믿거나 말거나 괴담이……. 중국을 폄하할 의도는 없지만 왠지 중국이라면 가능할 것 같다는 실례되는 생각이 들더라고요. 글로벌 시대에 어울리지 않는 편견이겠습니다만.

북스피어에서 앞으로도 미야베 미유키 여사의 시대 미스터리 소설을 많이 내 주실 거라는 기쁜 소식을 슬쩍 전하며, 이쯤에서 후기를 접을까 합니다. 좋은 작품을 맡겨 주시고 작업 도중 힘이 되어 주신 북스피어 편집부 여러분, 항상 고맙습니다.

무엇보다도 이 책을 읽어 주시고 독후감을 공유해 주시는 독자 여러분, 뭐라 감사의 말씀을 전해야 할지 모르겠습니다. 정말 고맙습니다. 늘 건강과 행운이 함께 하시기를 진심으로 기원합니다.

김소연 드림

【편집자 노트】

깊은 밤, 불빛 하나

 자신의 인생에 있어 매우 중요하게 여겼던 어떤 가치나 사람에게 '네가 최고로 여기고 있던 그건 사실 하찮은 것이었다'며, '넌 어떤지 몰라도 나에게 넌 아무 의미도 없다'며 배신당하고, 거부당한 적이 있으신지. 지금까지 살아 온 인생을 통째로 부정당하는 것 같은 비참함을 느껴본 적이 있으신지.
 그럴 때에 가뜩이나 부족한 자존감은 결국 바닥을 드러내며, 자기혐오는 최고치를 기록합니다. '난 쓰레기야'라고 생각하며 집에 돌아오는 길에 자기도 모르게 주르륵 눈에서 무언가가 떨어졌을 때, 밤이니까, 안 보일 거라고 안심하면 곤란합니다. 세상은 얼마나 밝은지 몰라요! 50미터 간격으로 서 있는 가로등과 좁은 골목을 보란 듯이 질주하는 자동차의 전조등과, 집에서 새어 나오는 불빛들은 밤을 대낮같이 밝히고 있습니다. 거참, 울지도 못하게 뭐 이렇게 밝은 걸까요. 세상이 필요 이상으로 밝다는 것을, 가끔은 어둠이 위로가 되기도 한다는 것을 전 그때 깨달았답니다.

그에 비해 에도의 밤은, 먹처럼 새까맸습니다. "손을 대어 보면 무겁게 느껴질 것 같을 만큼 짙고, 맛을 보면 틀림없이 쓸 것" 같은 그 어둠 속을 사람들은 기분 나쁜 목소리나 소리에 공포를 느끼며, 저 멀리 보이는 주인 없는 등롱의 불빛에, 아무도 없는 가게 앞에서 밝게 빛나는 사방등의 빛에 뭐라 할 수 없는 불길함을 느끼며 종종 걸음으로 인적 드문 거리를 오갔습니다.

제13회 요시카와 에이지 문학상 신인상 수상작이며, 미야베 미유키의 출세작이기도 한 『혼조 후카가와의 기이한 이야기』는 사람들에게 눅눅한 공포를 자아냈던 에도의 밤이 만들어 낸 '혼조 일곱 가지 불가사의'를 제재로 후카가와에 살고 있는 보통 사람들의 삶을 (미미 여사가 언제나 그렇듯) 따스한 시선으로 그리고 있습니다. 각 단편마다 후카가와를 지키는 오캇피키, '에코인의 모시치' 대장이 등장해 사건을 푸는 미스터리 형식을 취하고 있지만, 독자들은 사건의 해결 과정보다 사건을 겪은 사람들의 안부가 더 궁금해질 것입니다.

에도 시대, 후카가와에 살고 있는 이 사람들은 지금을 사는 우리들처럼 타인의 생각 없는 말에 상처입기도 하고, 그래서 높은 벽을 쌓고 자기 안에 갇혀 버리기도 하고, 멀고 먼 짝사랑에 괴로워하고, 누군가가 너무 미워서 그게 또 괴롭고, 자신의 몸 하나 기댈 곳을 찾지 못해 떠돌아다닙니다. 살아 있어 봤자 좋은 일이라곤 하나도 없습니다.

그들의 삶이 이렇게도 괴롭고 외로워지는 이유는 상대방의 마음이 내 마음 같지 않기 때문입니다. 내 마음은 상대방에게 전해지지 않으며, 힘들게 전한 그 마음이 거절과 모욕으로 되돌아오기도 합니다. 겨우 상대방이 그 마음을 알아 차렸을 때에는 내 마음이 더 이상 예전 같지 않습니다. 우리는 늘 이렇게 어긋나고, 어긋남이 우리를 상처 입힙니다.

상처 입은 사람들은 이 상처를 치료할 것인가 내버려둘 것인가를 선택하게 됩니다. 의외로 많은 사람들이 상처를 치료하지 않은 채로 사는 것을 선택합니다. '이 상처를 치료하면 또 나는 기대를 품게 될 것이고, 그 기대는 반드시 배반당할 것이고, 상처는 더욱 깊어질 것이다'라는 법칙의 굳건한 방어막 속에서 아무것도 하지 않고 그저 상처 입은 자신을 불쌍하게 여기는 게 전부인 삶을 살기도 하고, 「꺼지지 않는 사방등」의 이치케야 주인 부부처럼 나를 상처 입힌 상대방에 대한 분노로 서로의 상처를 더 깊게 만들면서 살기도 합니다.

이와 반대로 상처를 치료하기를 선택하는 사람들이 있습니다. 「외잎 갈대」의 주인공 히코지는 자신이 소중하게 간직하고 있던 기억이 상대방에게는 조금도 남아 있지 않았다는 사실을 알게 됩니다. "어린아이의 약속이다…… 이미 잊었다 해도 무리는 아니다. 중요한 것은 그 약속이 나를 지탱해 주었다는 것"이라며 히코지는 쓸쓸함을 억누릅니다.

상처를 치료하는(적어도 진정시키는) 방법은 누군가를 소중하게 여기는 마음을 품고 있었을 때 자신의 삶이 얼마나 아름답고 풍부

해졌는지를 인정하는 것입니다. 비록 마음이 상대방에게 받아들여지지 않았다고 해도 그 상처는 자기밖에 모르던 사람이 자기 자신보다 더 누군가를 아끼면서 성숙하고 튼튼해진 그 마음을 쉽게 손상시킬 수는 없습니다. 보답받지 못하는 마음에 서글퍼지고 지칠지도 모르지만, 적어도 자신의 삶에 '다음'이 있다는 걸 믿을 수 있게 됩니다.

그렇게 사람들은 계속 살아갑니다. 까마득한 삶의 구원이라고 믿었던 빛이 '무자비하게' 내 눈을 찔러도, 차라리 '포근한' 어둠에 가라앉아 버리고 싶을 때도, 어두운 밤 조용히 등 뒤를 밝히는 불빛을 찾아서 말입니다.

조소영(편집자)

초판 2쇄 발행 2008년 11월 28일

지은이	미야베 미유키
옮긴이	김소연

발행편집인	김홍민 · 최내현
편집장	임지호
편집자	조소영
표지디자인	이혜경디자인
용지	화인페이퍼
출력	스크린출력
인쇄	청아문화사
제본	정민제책
코팅	금성산업
독자교정	심현진, 이원휘, 임유진

펴낸곳	도서출판 북스피어
출판등록	2005년 6월 18일 제105-90-91700호
주소	(121-130) 서울특별시 마포구 구수동 16-5 국제미디어밸리 4층
전화	02) 701-0427
팩스	02) 701-0428
홈페이지	www.booksfear.com
전자우편	editor@booksfear.com

ISBN 978-89-91931-38-1 (04830)
   978-89-91931-29-9 (세트)

책값은 뒤표지에 있습니다
파본은 구입하신 곳에서 교환해 드립니다.
이번 편집부 이스터에그는 쉽니다.